自剖文集

志摩署

目次

弔劉叔和

遊俄輯第三

自剖辑第一

自剖

我是個好動的人；每逢我身體行動的時候，我的思想也彷彿就跟着跳盪。我做的詩，不論它們是怎樣的「無聊」，有不少是在行旅期中想起的。我愛動，愛看動的事物，愛活潑的人，愛水，愛空中的飛鳥，愛車窗外掣過的田野山水。星光的閃動，草葉上露珠的顫動，花鬚在微風中的搖動，雷雨時雲空的變動，大海中波濤的洶湧，都是在在觸動我感興的情景。是動，不論是什麼性質，就是我的興趣，我的靈感。是動就會催快我的呼吸，加添我的生命。

近來却大大的變樣了。第一我自身的肢體，已不如原先靈活；我的心也同樣的感受了不知是年歲還是什麼的拘縶。動的現象再不能給我歡喜，給我啓示。先前我看着在陽光中閃鑠的金波，就彷彿看見了神仙宮闕——什麼荒誕美麗的幻覺，不在我的腦中一閃閃的掠過；現在不同了，陽光只是陽光，流波只是流波，任憑景色怎樣的燦爛，再也照不化我的呆木的心靈。我的思想，如其偶爾有，也只似岩石上的籐蘿，貼着枯乾的粗糙的石面，極困難的蜒着；顏色是蒼黑的，姿態是倔強的。

我自己也不懂得何以這變遷來得這樣的兀突，這樣的深徹。原先我在人前自覺是一注的流泉，在在有飛沫，在在有閃光；現在這泉眼，如其還在，彷彿是叫一塊石板不留餘隙的給鎮住了。我再沒有先前那樣蓬勃的情趣，每回我想說話的時候，就覺着那石塊的重壓，怎麼也掀不動，怎麼也推不開，結果只能自安沉默！「你再不用想什麼了，你再沒有什麼可想的了」；「你再不用開口了，你再沒有什麼話可說的了」，我常覺得我沉悶的心府裏有這樣半嘲諷半弔唁的諄鳴。

說來我思想上或經驗上也並不曾經受什麽過分劇烈的戟剌。我處境是向來順的，現在，如其有不同，只是更順了的。那麽爲什麽這變遷？遠的不說，就比如我年前到歐洲去時的心境：阿！我那時還不是一隻初長毛角的野鹿？什麽顏色不激動我的視覺，什麽香味不奮興我的嗅覺？我記得我在意大利寫遊記的時候，情緒是何等的活潑，興趣何等的醇厚，一路來眼見耳聽心感的種種，那一樣不活栩栩的叢集在我的筆端，爭求充分的表現！如今呢？我這次到南方去，來回也有一個多月的光景，這期內眼見耳聽心感的事物也該有不少。我未動身前，又何嘗不自喜此去又可以有機會飽餐西湖的風色，鄧尉的梅香——單提一兩件最合我脾胃的事。有好多朋友也曾期望我在這閑暇的假期中採集一點江南風趣，歸來時，至少也該帶囘一兩篇爽口的詩文，給在北京泥土的空氣中活命的朋友們一些清醒的消遣。但在事實上不但在南中時我白瞪着大眼，看天亮換天昏，又閉上了眼，拚天昏換天亮，一枝禿筆跟着我涉海去，又跟着我涉海回來，正如岩洞裏的一根石筍，壓根兒就沒一點搖動的消息；就在我回京後這十來天，任憑朋友們怎樣的催促，自己良心怎樣的責備，我的筆尖上還是滴不出一點墨瀋來。我也曾勉強想想，勉強想寫，但到底還是白費！可怕是這心靈驟然的呆頓。完全死了不成？我自己在疑惑。

說來是時局也許有關係。我到京幾天就逢着空前的血案。五卅事件發生時我正在意大利山中，採茉莉花編花籃兒玩，翡冷翠山中只見明星與流螢的交喚，花香與山色的溫存，俗氛是吹不到的。直到七月間到了倫敦，我才理會國內風光的慘淡，等得我趕回來時，設想中的激昂，又早變成了明日黃花，看得見的痕跡只有滿城黃牆上墨彩斑斕的「泣告」！

這回却不同。屠殺的事實不僅是在我住的城子裏發見，我有時覺覺得是我自己的靈府裏的一個慘象。殺死的不僅是青年們的生命，我自己的思想也彷彿遭着了致命的打擊，比是國務院前的斷脛殘肢，再也不能回復生動與連貫。但這深刻的難受在我是無名的，是不能完全解釋的。這回事變的奇慘性引起憤慨與悲切是一件事，但同時我們也知道在這根本起變態作用的社會裏，什麼怪誕的情形都是可能的。屠殺無辜，還不是年來最平常的現象。自從內戰糾結以來，在受戰禍的區域內，那一處村落不曾分到過遭姦污的女性，屠殘的骨肉，供犧牲的生命財產？這無非是給寃氛團結的地面上多添一團更集中更鮮艷的怨毒。再說那一個民族的解放史能不濃濃的染着Martyrs的腔血？俄國革命的開幕就是二十年前冬宮的血景。只要我們有識力認定，有膽量實行，我們理想中的革命，這囘羔羊的血就不會是白塗的。所以我個人的沉悶決不完全是這囘慘案引起的感情作用。

愛和平是我的生性。在怨毒，猜忌，殘殺的空氣中，我的神經每每感受一種不可名狀的壓迫。記得前年奉直戰爭時我過的那日子簡直是一團黑漆，每晚更深時，獨自抱着腦殼伏在書棹上受罪，彷彿整個時代的沉悶蓋在我的頭頂——直到寫下了『毒藥』那幾首不成形的咒詛詩以後，我心頭的緊張才漸漸的緩和下去。這囘又有同樣的情形；只覺着煩，只覺着悶，感想來時只是破碎，筆頭只是笨滯。結果身體也不舒暢，像是蠟油塗抹住了全身毛竅似的難過，一天過去了又是一天，我這裏又在重演更深獨坐箍緊腦殼的姿勢，窗外皎潔的月光，分明是在嘲諷我內心的枯窘！

不，我還得往更深處按。我不能叫這時局來替我思想驟然的呆頓負責，我得往我自己生活的底裏找去。

平常有幾種原因可以影響我們的心靈活動。實際生活的牽掣可以刦去我們心靈所需要的閒暇，積成一種壓迫。在某種熱烈的想望不曾得滿足時，我們感覺精神上的煩悶與焦躁，失望更是顚覆內心平衡的一個大原因；較劇烈的種類可以麻痺我們的靈智，淹沒我們的理性。但這些都合不上我的病源；因爲我在實際生活裏已經得到十分的幸運，我的潛在意識裏，我敢說不該有什麼壓着的欲望在作怪。

但是在實際上反過來看，另有一種情形可以阻塞或是減少你心靈的活動。我們知道舒服，健康，幸福，是人生的目標，我們因此推想我們痛苦的起點是在望見那些目標而得不到的時候。我們常聽人說『假如我像某人那樣生活無憂我一定可以好好的做事，不比現在整天的精神全化在瑣碎的煩惱上』。我們又聽說『我不能做事就爲身體太壞，若是精神來得，那就……』我們又常常設想幸福的境界，我們想『只要有一個意中人在跟前那我一定奮發，什麼事做不到？』但是不，在事實上，舒服，健康，幸福，不但不一定是帮助或獎勵心靈生活的條件，它們有時正得相反的效果。我們看不起有錢人，在社會上得意人，肌肉過分發展的運動家，也正在此；至於年少人幻想中的美滿幸福，我敢說等得當眞有了紅袖添香，你的書也就讀不出所以然來，且不說什麼在學問上或藝術上更認眞的工作。

那末生活的滿足是我的病源嗎？

『在先前的日子，』一個眞知我的朋友，就說：『正爲是你生活不得平衡，正爲你有欲望不得滿足，你的壓在內裏的 Libido 就形成一種昇華的現象，結果你就借文學來發洩你生理上的鬱結（你不常說你從事文學是一件不預期的事嗎？）；這情形又容易在你的意識裏形成一種虛幻的希望，因爲你的寫作得到一部分讚許，你就自以爲確有相當創作的天賦以及獨立思想的能力。但你祇是自寃自，實在你並沒有什麼超人一等的天賦，你的設想多半是虛榮，你的以前的成績只是昇華的結果。所以現在等得你生活換了樣，感情上有了安頓，你就發見你向來寫作的來源頓呈萎縮甚至枯竭的現象；而你又不願意承認這情形的實在，妄想到你身子以外去找你思想枯窘的原因，所以你就不由的感到深刻的煩悶。你只是對你自己生氣，不甘心承認你自己的本相。不，你原來並沒有三頭六臂的！

「你對文藝並沒有眞興趣，對學問並沒有眞熱心。你本來沒有什麼更高的志願，除了相當合理的生活，你只配安分做一個平常人，享你命裏鑄定的「幸福」；在事業界，在文藝創作界，在學問界內，全沒有你的位置，你眞的沒有那能耐。不信你只要自問在你心裏的心裏有沒有那無形的「推力」，整天整夜的惱着你，逼看你，督着你，放開實際生活的全部，單望着不可捉摸的創作境界裏去冒險？是的，頂明顯的關鍵就是那無形的推力或是衝動（The Impulse），沒有它人類就沒有科學，沒有文學，沒有藝術，沒有一切超越功利實用性質的創作。你知道在國外（國內當然也有，許沒那樣多）有多少人被這無形的推力驅使著，在實際生活上變成一種離魂病性質的變態動物，不但人間所有的虛榮永遠沾不上他們的思想，就連維持生命的睡眠飲食，在他們都失了重要，他們全部的心力只是在他們那無形的推力所指示的特殊方向上集中應用。怪不得有人說天才是瘋癲；我們在巴黎倫敦不就到處碰得着這類怪人？如其他是一個美術家，惱着他的就只怎樣可以完全表現他那理想中的形體；一個綫條的準確，某稀色彩的調諧，在他會得比他生身父母的生死與國家的存亡更重要，更迫切，更要求注意。我們知道專門學者有終身掘墳墓的，研究蚊蟲生理的，觀察億萬萬里外一個星的動定的。並且他們決不問社會對於他們的勞力有否任何的認識，那就是虛榮的進路；他們是被一點無形的推力的魔鬼蠱定了的。

「這是關於文藝創作的話。你自問有沒有這種情形。你也許經驗過什麽「靈感」，那也許有，但你却不要把剎那誤認作永久的，虛幻認作眞實。至於說思想與眞實學問的話，那也得背後有一種推力，方向許不同，性質還是不變。做學問你得有原動的好奇心，得有天然熱情的態度去做求知識的工夫。眞思想家的準備，除了特強的理智，還得有一種原動的信仰；信仰或尋求信仰，是一切思想的出發點：極端的懷疑派思想也只是期望重新位置信仰的一種努力。從古來沒有一個思想家不是宗教性的。在他們，各按各的傾向，一切人生的和理智的問題是實在有的；神的有無，善與惡，本體問題，認識問題，意志自由問題，在他們看來都是含偪迫性的現象，要求合理的解答——比山嶺的崇高，水的流動，愛的甜密更眞，更實在，更聳動。他們的一點心靈，就永遠在他們設想的一種或多種問題的周圍飛舞，旋繞，正如燈蛾之於火燄：犧牲自身來貫徹火燄中心的祕密，是他們共有的決心。

「這種慘烈的情形，你怕也沒有吧？我不說你的心幕上就沒有思想的影子；但它們怕只是虛影，像水面上的雲影，雲過影子就跟着消散，不是石上的霤痕越日久越深刻。

「這樣說下來，你倒可以安心了！因爲個人最大的悲劇是設想一個虛無的境界來謊騙你自己；騙不到底的時候你就得忍受「幻滅」的莫大的苦痛。與其那樣，還不如及早認清自己的深淺，不要把不必要的負担，放上支撑不住的肩背，壓壞你自己，還難免旁人的笑話！朋友，不要迷了，定下心來享你現成的福分吧；思想不是你的分，文藝創作不是你的分，獨立的事業更不是你的分！天生抗了重担來的那也沒法想（那一個天才不是活受罪！）你是原來輕鬆的，這是多可羨慕，多可賀喜的一個發見！算了吧，朋友！』

（三月二十五至四月一日）

再剖

你們知道喝醉了想吐吐不出或是吐不爽快的難受不是？這就是我現在的苦惱；腸胃裏一陣陣的作惡，腥膩從食道裏往上泛，但這喉鬬偏跟你別紐，它捏住你，偏住你，逗着你——不，它且不給你痛快哪！前天那篇『自剖』，就比是哇出來的幾口苦水，過後只是更難受，更覺着往上冒。我告你我想要怎麼樣。我要孤寂：要一個靜極了的地方——森林的中心，山洞裏，牢獄的暗室裏——再沒有外界的影響來逼迫或引誘你的分心，再不須計較旁人的意見，喝采或是嘲笑；當前唯一的對象是你自己：你的思想，你的感情，你的本性。那時它們再不會躲避，不會隱遁，不會裝作；赤裸裸的聽憑你察看，檢驗，審問。你可以放膽解去你最後的一縷遮蓋，袒露你最自憐的創傷，最掩諱的私褻。那才是你痛快一吐的機會。

但我現在的生活情形不容我有那樣一個時機。白天太忙（在人前一個人的靈性永遠是蜷縮在殼內的蝸牛），到夜間，比如此刻，靜是靜了，人可又倦了，惦着明天的事情又不得不早些休息。阿，我眞羨慕我台上放着那塊唐磚上的佛像，他在他的蓮台上瞑目坐着，什麼都搖不動他那入定的圓澄。我們只是在煩惱網裏過日子的衆生，怎敢企望那光明無礙的境界！有鞭子下來，我們躱；見好喫的，我們垂涎；聽聲響，我們着忙；逢着痛癢，我們着惱。我們是鼠，是狗，是刺蝟，是天上星星與地上泥土間爬着的蟲。那裏有工夫，即使你有心想親近你自己？那裏有機會，即使你想痛快的一吐？

前幾天也不知無形中經過幾度掙扎，才嘔出那幾口苦水，這在我雖則難受還是照舊，但多少總算是發洩。事後我私下覺着媿悔，因爲我不該拿我一己苦悶的骨鯁，強讀者們陪着我吞咽。是苦水就不免薰蒸的惡味。我承認這完全是我自私的行爲，不敢望恕的。我唯一的解嘲是這幾口苦水的確是從我自己的腸胃裏嘔出——不是去髒水桶裏舀來的。我不曾期望同情，我只要朋友們認識我的深淺——（我的淺？）我最怕朋友們的容寵容易形成一種虛擬的期望；我這操刀自剖的一個目的，就在及早解卸我本不該扛上的担負。

是的，我還得往底裏按，往更深處剖。

最初我來編輯副刊，我有一個願心。我想把我自己整個兒交給能容納我的讀者們，我心目中的讀者們，說實話，就只這時代的青年。我覺着只有青年們的心窩裏有容我的空隙，我要偎着他們的熱血，聽他們的脈搏。我要在我自己的情感裏發見他們的情感，在我自己的思想裏反映他們的思想。假如編輯的意義只是選稿，配版，付印，拉稿，那還不如去做銀行的夥計——有出息得多。我接受編輯晨副的機會，就爲這不單是機械性的一種任務。（感謝晨報主人的信任與容忍，）晨副變了我的喇叭，從這管口裏我有自由吹弄我古怪的不調諧的音調，它是我的鏡子，在這平面上描畫出我古怪的不調諧的形狀。我也決不掩諱我的原形：我就是我。記得我第一次與讀者們相見，就是一篇供狀。我的經過，我的深淺，我的偏見，我的希望，我都曾經再三的聲明，怕是你們早聽厭了。但初起我有一種期望是眞的——期望我自己。也不知那時間爲什麼原因我覺有那活稜稜的一副勇氣。我宣言我自己跳進了這現實的世界，存心想來對準人生的面目認他一個仔細。我信我自己的熱心（不是知識）多少可以給我一些對敵力量的。我想拼這一天，把我的血肉與靈魂，放進這現實世界的磨盤裏去捱，鋸齒下去拉，——我就要嘗那味兒！只有這樣，我想，才可以期望我主辦的刊物多少是一個有生命氣息的東西；才可以期望在作者與讀者間發生一種活的關係；才可以期望讀者們覺着這一長條報紙與黑的字印的背後，的確至少有一個活着的人與一個動着的心，他的把握是在你的腕上，他的呼吸在你的臉上，他的歡喜，他的惆悵，他的迷惑，他的傷悲，就比是你自己的，的確是從一個可認識的主體上發出來的變化——是站在台上人的姿態，——不是投射在白幕上的虛影。

並且我當初也並不是沒有我的信念與理想。有我崇拜的德性，有我信仰的原則。有我愛護的事物，也有我痛疾的事物。往理性的方向走，往愛心與同情的方向走，往光明的方向走，往眞的方向走，往健康快樂的方向走，往生命，更多更大更高的生命方向走——還是我那時的一點『赤子之心』。我恨的是這時代的病象，什麼都是病象：

猜忌，詭詐，小巧，傾軋，挑撥，殘殺，互殺，自殺，憂愁，作僞，骯髒。我不是醫生，不會治病：我就有一雙手，趁它們活靈的時候，我想，或許可以替這時代打開幾扇窗，多少讓空氣流通些，濁的毒性的出去，清醒的潔淨的進來。

但緊接着我的狂妄的招搖，我最敬畏的一個前輩（看了我的弔劉叔和文）就給我當頭一棒：——

「……既立意來辦報而且鄭重宣言「決意改變我對人的態度」，那麼自己的思想就得先磨冶一番，不能單憑主覺，隨便說了就算完事。迎上前去，不要又退了回來！一時的興奮，是無用的，說話越覺得響亮起勁，跳躑有力，其實即是內心的虛弱，何況說出衰頹懊喪的語氣，教一般青年看了，更給他們以可怕的影響，似乎不是志摩這番挺身出馬的本意！……」

迎上前去，不要又退了回來！這一喝這幾個月來就沒有一天不在我「虛弱的內心」裏迴響。實際上自從我喊出「迎上前去」以後，即使不曾撐開了往後退，至少我自己覺不得我的脚步曾經向前挪動。今天我再不能容我自己這夢夢的下去。算清虧欠，在還算得清的時候，總比窩着渾着強。我不能不自剖。冒着「說出衰頹懊喪的語氣」的危險，我不能不利用這反省的鋒刃，劈去糾着我心身的累贅，淤積，或許這來倒有自我眞得解放的希望！

想來這做人眞是奧妙。我信我們的生活至少是複性的。看得見，覺得着的生活是我們的顯明的生活，但同時另有一種生活，跟着知識的開豁逐漸胚胎，成形，活動，最後支配前一種的生活，比是我們投在地上的身影，跟着光亮的增加漸漸由模糊化成清晰，形體是不可捉的，但它自有它的奧妙的存在，你動它跟着動，你不動它跟着不動。

在實際生活的匆遽中，我們不易辨認另一種無形的生活的並存，正如我們在陰地裏不見我們的影子；但到了某時候某境地忽的發見了它，不容否認的踵接着你的脚跟，比如你晚間步月時發見你自己的身影。它是你的性靈的或精神的生活。你覺到你有超實際生活的性靈生活的傾傾，是你一生的一個大關鍵！你許到極遲才覺悟（有人一輩子不得機會），但你實際生活中的經歷，動作，思想，沒有一絲一屑不同時在你那跟着長成的性靈生活中留着「對號的存根」，正如你的影子不放過你的一舉一動，雖則你不注意到或看不見。

我這時候就比是一個人初次發見他有影子的情形。驚駭，訝異，迷惑，聳悚，猜疑，恍惚同時並起，在這辨認你自身另有一個存在的時候。我這輩子只是在生活的道上盲目的前衝，一時踹入一個泥潭，一時踏折一支草花，只是這無目的的奔馳；從那裏來，向那裏去，現在在那裏，該怎麼走，這些根本的問題却從不曾到我的心上。但這時候突然的，恍然的我驚覺了。仿彿是一向跟着我形體奔波的影子忽然阻住了我的前路，責問我這匆匆的究竟是爲什麼！

一稱新意識的誕生。這來我再不能盲衝，我至少得認明來蹤與去跡，該怎樣走法如其有目的地；該怎樣準備如其前程還在遙遠？

阿，我何嘗願意吞這果子，早知有這多的麻煩！現在我第一要考查明白的是這「我」究竟是怎麼一回事；然後再决定掉落在這生活道上的「我」的趕路方法。以前種種動作是沒有這新意識作主宰的；此後，什麼都得由它。

四月五日

求醫

To under tand that the sky is Everywhere blue it is not necessary to here travelled all round the world ——Goethe

新近有一個老朋友來看我，在我寓裏住了好幾天。彼此好久沒有機會談天，偶爾通信也只泛泛的；他只從旁人的傳說中聽到我生活的梗概，又從他所聽到的推想及我更深一義的生活的大致。他早把我看作『丟了』。誰說空間時間不能離間朋友間的相知？但這一次彼此又撿起了，理清了早年息息相通的線索，這是一個愉快！單說一件事：他看看我四月間副刊上的兩篇『自剖』，他說他也有文章做了，他要寫一篇『剖志摩的自剖』。他却不會寫；我幾次逼問他，他說一定在離京前交卷。有一天他居然謝絕了約會，躲在房子裏裝病，想試他那柄解剖的刀。晚上見他的時候，他文章不曾做起，臉上倒眞的有了病容！「不成功；」他說，「不要說剖，我還把刀，即使有，早就在刀鞘裏銹住了，我怎麼也拉它不出來！我倒自己發生了恐怖，這回回去非發奮不可。」打了全軍覆沒的大敗仗回來的，也沒有他那晚談話時的沮喪！

但他這來還是幫了我的忙；我們倆連着四五晚通宵的談話，在我至少感到了莫大的安慰。我的朋友正是那一類人，說話是絕對不敏捷的，他那永遠茫然的神情與偶爾激出來的幾句話，在當時極易招笑，但在事後往往透出極深刻的意義，在聽着的人的心上不易磨滅的：別看他說話的外貌亂石似的粗糙，它那核心裏往往藏着直覺的純璞。他是那一類的朋友，他那不浮誇的同情心在無形中啓發你思想的活動，引逗你心靈深處的「解嚴」；「你儘量披露你自己」，他彷彿說，「

在這裏你沒有被誤解的恐怖。」我們倆的談話是極不平等的；十分裏有九分半的時光是我佔據的，他只貢獻簡短的評語，有時修正，有時贊許，有時引申我的意思；但他是一個理想的「聽者」，他能儘量的容受，不論對面來的是細流或是大水。

我的自剖文不是解嘲體的閒文，那是我個人眞的感到絕望的呼。聲「這篇文章是值得寫的，」我的朋友說，「因爲你這來冷酷的操刀，無顧戀的劈剖你自己的思想，你至少摸着了現代的意識的一角；你剖的不僅是你，我也叫你剖着了，」正如葛德說的「要知道天到處是碧藍，並用不着到全世界去繞行一周」。你還得往更深處剖，難得你有勇氣下手；你還得如你說的，犯着惡心嘔苦水似的嘔，這時代的意識是完全叫種種相衝突的價值的尖刺給交佔住，支離了纏昏了的，你希冀回復清醒與健康先得清理你的外邪與內熱。至於你自己，因爲發見病象而就放棄希望，當然是不對的；我可以替你開方。你現在需要的沒有別的，你只要多多的睡！休息，休養，到時候你自會強壯。我是開口就會牽到葛德的，你不要笑；葛德就是懂得睡的秘密的一個。他每回覺得他的創作活動有退潮的趨向，他就上床去睡，真的放平了身子的睡，不是喻言，直睡到精神回復了，一線新來的波瀾逼着他再來一次發瘋似的創作。你近來的沉悶，在我看，也只是內心需要休息的符號。正如潮水有漲落的現象，我們勞心的也不免同樣受這自然律的支配。你怎麼也不該挫氣，你正應得利用這時期；休息不是工作的斷絕，它是消極的活動；這正是你吸新營養取得新生機的機會。聽憑地面上風吹的怎樣尖厲，霜蓋得怎麼嚴密，你只要安心在泥土裏等着，不愁到時候沒有再來一次爆發的驚喜。」

這是他開給我的藥方。後來他又跟別的朋友談起，他說我的病——

如其是病——有兩味藥可醫，一是『隱居』，一是『上帝』。煩悶是起原於精神不得充分的怡養；煩囂的生活是勞心人最致命的傷，離開了就有辦法，最好是去山林靜僻處躲起。但這環境的改變，雖則重要，還只是消極的一面；爲要啓發性靈，一個人還得積極的尋求。比性愛更超越更不可搖動的一個精神的寄托——他得自動去發見他的上帝。

上帝這味藥是不易配得的，我們姑且放開在一邊（雖則我們不能因他字面的兀突就忽略他的深刻的涵義，那就是說這時代的苦悶現象隱示一種漸次形成宗教性大運動的趨向）；暫時脫離現社會去另謀隱居生活那味藥，在我不但在事實上有要得到的可能，並且正合我新近一天迫似一天的私願，我不能不計較一下。

我們都是在生活的蜘網中膠住了的細蟲，有的還在勉強掙扎，大多數是早已沒了生氣，只當着風來吹動網絲的時候頂可憐相的晃動着，多經歷一天人事，做人不自由的感覺也跟着眞似一天。人事上的關連一天加密一天，理想的生活上的依據反而一天遠似一天，儘是這飄忽忽的，彷彿是一塊石子在一個無底的深潭中無窮盡的往下墜着似的——有到底的一天嗎，天知道！實際的生活逼得越緊，理想的生活宕得越空，你這空手僕僕的不『丟』怎麼着？你睜開眼來看看，見着的只是一個悲慘的世界，我們這倒運的民族眼下只有兩種人可分，一種是在死的邊沿過活的，又一種簡直是在死裏面過活的：你不能不發悲心不是，可是你有什麼能耐能抵擋這普遍『死化』的凶潮？太凄慘了呀這『人道的幽微的悲切的音樂』！那麼你閉上眼罷，你只是發見另一個悲慘的世界：你的感情，你的思想，你的意志，你的經驗，你的理想，有那一樣調諧的，有那一樣容許你安舒的？你想要——撥但是你的力量？你彷彿是掉落在一個井裏，四邊全是光油油不可攀援的陡壁，你怎麼想上得來？就我個人說，所謂教育只是「畫皮」的勾當，我何嘗得到一點真的知識？說經驗吧；不錯，我也曾進貨似的運得一部分的經驗，但這都是硬性的，雜亂的，不經受意識滲透的；經驗自經驗，我自我，這一屋子滿滿的生客只使主人覺得迷惑，慌張，害怕。不，我不但不曾「找到」我自己；我竟疑心我是「丟」定了的。曼殊斐兒在她的日記裏寫——

『我不是晶瑩的透徹。』

「我什麼都不願意的。全是灰色的；重的，悶的。……我要生活，這話怎麼講？單說是太易了。可是你有什麼法子？」

「所有我寫下的，所有我的生活，全是在海水的邊沿上。這彷彿是一種玩藝。我想把我所有的力量全給放上去，但不知怎的我做不到。」

「前這幾天，最使人注意的是藍的色彩。藍的天，藍的山——一切都是神異的藍！……但深黃昏的時刻才眞是時光的時光。嘗着那時候，而前放着非人間的美景，你不難領會到你應分走的道兒有多遠。珍重你的筆，得不辜負那上升的明月，那白的天光。你得夠「簡潔」的。正如你在上帝跟前得簡潔。」

「我方才細心的刷淨收拾我的水筆。下回它再要是漏，那它就不夠格兒」

「我覺得我總不能給我自己一個沉思的機會，我正需要那個。我覺得我的心地不夠淸白，不識卑，不與。這底裏的渣子新近又漾了起來。我對着山看，我見着的就是山。說實話？我念不相干的書……不經心，隨意？是的，就是這情形。心思亂，含糊，不積極，尤其是躱懶，不夠用工——。白費時光。我早就這麽喊着——現在還是這呼聲。爲什麽這闌珊的，你？阿，究竟爲什麽？」

「我一定得再發心一次，我得重新來過。我再來寫一定得簡潔的，充實的，自由的寫，從我心坎裏出來的。平心靜氣的，不問成功或是失敗，就這往前去做去。但是這回得下決心了！尤其得跟生活接近。跟這天，這月，這些星，這些冷落的坦白的高山。」

「我要是身體健」，曼珠斐兒在又一處寫，「我就一個人跑到一個地方，在一株樹下坐着去。」她這苦痛的企求內心的瑩徹與生活的調諧，那一個字不在我此時比她更『散漫，含糊，不積極』，的心境裏引起同情的回響！啊，誰不這樣想：我要是能，我一定跑到一個地方在一株樹下坐着去。但是你能嗎？

想飛

假如這時候窗子外有雪——街上，城牆上，屋脊上，都是雪，胡同口一家屋簷下偎着一個戴黑兜帽的巡警，半擁着睡眼，看棉團似的雪花在半空中跳着玩……假如這夜是一個深極了的啊，不是壁上掛鐘的時針指示給我們看的深夜，這深就比是一個山洞的深，一個往下鑽螺旋形的山洞的深……

假如我能有這樣一個深夜，它那無底的陰森捻起我遍體的毫管；再能有窗子外不住往下篩的雪，篩淡了遠近間颺動的市謠，篩泯了在泥道上掙扎的車輪。篩滅了腦殼中不妥協的潛流……

我要那深，我要那靜。那在樹蔭濃密處躲着的夜鷹輕易不敢在天光還在照亮時出來睜眼。思想：它也得等。

青天裏有一點子黑的。正衝着太陽耀眼，望不眞，你把手遮着眼，對着那兩株樹縫裏瞧，黑的，有排子來大，不，有桃子來大——嘿，又移着往西了！

○　○　○　○

我們吃了中飯出來到海邊去。（這是英國康槐爾極南的一角，三面是大西洋。）勗麗麗的叫響從我們的脚底下勻勻的往上顫，齊着腰，到了肩高，過了頭頂，高入了雲，高出了雲。阿，你能不能把一種急震的樂音想像成一陣光明的細雨，從藍天裏衝着這平鋪着青綠的地面不住的下？不，那雨點都是跳舞的小脚，安琪兒的。雲雀們也吃過了飯，離開了它們卑微的地巢飛往高處做工去。上帝給它們的工作，替上帝做的工作。瞧着，這兒一隻，那邊又起了兩！一起就冲着天頂飛，小翅膀動活的多快活，圓圓的，不躊躇的飛，——它們就認識青天。一起就開口唱，小嗓子動活的多快活，一顆顆小精圓珠子直往外唾，亮亮的唾，脆脆的唾，——它們讚美的是青天。瞧着，這飛得多高，有豆子大，有芝蔴大，黑刺刺的一屑，直頂着無底的天頂細細的搖，——這全看不見了，影子都沒了！但這光明的細雨還是不住的下着……

○　○　○　○

飛。『其翼若垂天之雲……背負蒼天，而莫之夭閼者』；那不容易見着。我們鎮上東關廂外有一座黃坭山，山頂上有一座七層的塔，塔尖頂著天。塔院裏常常打鐘，鍾聲響動時，那在太陽西曬的時候多，一枝豔豔的大紅花貼在西山的鬢邊迴照著塔山上的雲彩，——鐘聲響動時，繞著塔頂尖，摩着塔頂天，穿著塔頂雲，有一隻兩隻有時三隻四隻有時五隻六隻蜷着爪往地面瞧的『餓老鷹』，撐開了它們灰蒼蒼的大翅膀沒掛戀似的在盤旋，在半空中浮着，在晚風中泅着，彷彿是按着塔院鐘的波盪來練習圓舞似的。那是我做孩子時的『大鵬』。有時好天抬頭不見一瓣雲的時候聽着虢憂憂的叫響，我們就知道那是寶塔上的餓老鷹尋食吃來了，這一想像半天裏禿頂圓睛的英雄，我們背上的小翅膀骨上就彷彿豁出了一錚錚鐵刷似的羽毛，搖起來呼呼響的，只一擺就冲出了書房門，鑽入了玳瑁鑲邊的白雲裏玩兒去，誰耐煩站在先生書桌前晃着身子背早上上的多難背的書！阿飛！不是那在樹枝上矮矮的跳着的麻雀兒的飛；不是那湊天黑從堂扁後背冲出來蚊趕子喫的蝙蝠的飛；也不是那軟尾巴軟嗓子做窠在堂檐上的燕子的飛。要飛就得滿天飛，風攔不住雲擋不住的飛，一翅膀就跳過一座山頭，影子下來遮得陰二十畝稻田的飛，到天晚飛倦了就來繞着那塔頂尖順着風向打圓圈做夢……聽說餓老鷹會抓小雞！

飛。人們原來都是會飛的。天使們有翅膀，會飛，我們初來時也有翅膀，會飛。我們最初來就是飛了來的，有的做完了事還是飛了去，他們是可羨慕的。但大多數人是忘了飛的，有的翅膀上吊了毛不長再也飛不起來，有的翅膀叫膠水給膠住了再也拉不開，有的羽毛叫人給修短了像鴿子似的只會在地上跳，有的拿背上一對翅膀上當舖去典錢使過了期再也贖不回……真的，我們一過了做孩子的日子就掉了飛的本領。但沒了翅膀或是翅膀壞了不能用是一件可怕的事。因為你再也飛不回去，你蹲在地上呆望着飛不上去的天，看旁人有福氣的一程一程的在青雲裏逍遙，那多可憐。而且翅膀又不比是你脚上的鞋，穿爛了可以再問媽要一雙去，翅膀可不成，折了一根毛就是一根，沒法給補的。還有，單顧着你翅膀也還不定規到時候能飛，你這身子要是不謹愼養太肥了，翅膀力量小再也拖不起，也是一樣難不是？一對小翅膀馱不起一個胖肚子，那情形多可笑！到時候你聽人家高聲的招呼說，朋友，囘去罷，趁這天還有紫色的光，你聽他們的翅膀在半空中沙沙的搖響，朵朵的春雲跳過來擁着他們的肩背，望着最光明的來處翩翩的，冉冉的，輕烟似的化出了你的視域，像雲雀似的只留下一瀉光明的驟雨——"Thou art unseen, but yet I hear thy shrill delight"——那你，獨自在泥塗裏淹着，夠多難受，夠多懊惱，夠多寒傖！趁早留神你的翅膀，朋友。

○ ○ ○ ○

是人沒有不想飛的。老是在這地面上爬着夠多厭煩，不說別的。飛出這圈子，飛出這圈子！到雲端裏去，到雲端裏去！那個心裏不成天千百遍的這麼想？飛上天空去浮着，看地球這彈丸在大空裏滾着，從陸地看到海，從海再看囘陸地。凌空去看一個明白——這才是做人的趣味，做人的權威，做人的交代。這皮囊要是太重挪不動，就擲了它，可能的話，飛出這圈子，飛出這圈子！

○　○　○　○

人類初發明用石器的時候，已經想長翅膀。想飛。原人洞壁上畫的四不像，它的背上掮着翅膀；拏着弓箭趕野獸的，他那肩背上也給安了翅膀。小愛神是有一對粉嫩的肉翅的。挨開拉斯(Icarus)是人類飛行史裏第一個英雄，第一次犧牲。安琪兒（那是理想化的人）第一個標記是幫助他們飛行的翅膀。那也有沿革——你看西洋畫上的表現。最初像是一對小精緻的令旗，胡蝶似的粘在安琪兒們的背上，象眞的，不靈動的。漸漸的翅膀長大了，地位安準了，毛羽豐滿了。畫圖上的天使們長上了眞的可能的翅膀。人類初次實現了翅膀的觀念，徹悟了飛行的意義。挨開拉斯閃不死的靈魂，回來投生又投生。人類最大的使命，是製造翅膀；最大的成功是飛！理想的極度，想像的止境，從人到神！詩是翅膀上出世的；哲理是在空中盤旋的。飛：超脫一切，籠蓋一切，掃盪一切，吞吐一切。

○　○　○　○

你上那邊山峯頂上試去，要是度不到這邊山峯上，你就得到這萬丈的深淵裏去找你的葬身地！「這人形的鳥會有一天試他第一次的飛行，給這世界驚駭，使所有的著作讚美，給他所從來的棲息處永久的光榮。」啊達文響！

但是飛？自從挨開拉斯以來，人類的工作是製造翅膀，還是束縛翅膀？這翅膀，承上了文明的重量，還能飛嗎？都是飛了來的，還都能飛了回去嗎？鉗住了，烙住了，壓住了，——這人形的鳥會有試他第一次飛行的一天嗎？……

○　○　○　○

同時天上那一點子黑的已經迫近在我的頭頂，形成了一架鳥形的機器，忽的機沿一側，一球光直往下注，硼的一聲炸響，——炸碎了我在飛行中的幻想，青天裏平添了幾堆破碎的浮雲。

十四——一六日

「迎上前去」

這回我不撒謊，不打隱謎，不唱反調，不來烘托；我要說幾句至少我自己信得過的話，我要痛快的招認我自己的虛實，我願意把我的花押畫在這張供狀的末尾。

我要求你們大量的容許准我，在我第一天接手晨報副刊的時候，介紹我自己，解釋我自己，鼓勵我自己。

我相信眞的理想主義者是受得住眼看他往常保持着的理想萎成灰，碎成斷片，爛成泥，在這灰這斷片這泥的底裏他再來發現他更偉大更光明的理想。我就是這樣的一個。

只有信生病是榮耀的人們才來不知恥的高聲嚷痛；這時候他聽着有脚步聲，他以為有幫助他的人向着他來，誰知是他自己的靈性離了他去！眞有志氣的病人，在不能自己解脫苦痛的時候，寧可死休，不來忍受醫藥與慈善的侮辱。我又是這樣的個一個。

我們在這生命裏到處碰頭失望，連續遭逢「幻滅」，頭頂只見烏雲，地下滿是黑影；同時我們的年歲，病痛，工作，習慣，惡狠狠的壓上我們的肩背，一天重似一天，在無形中嘲諷的呼喝着，「倒，倒，你這不量力的蠢才！」因此你看這滿路的倒尸，有全死的，有半死的，有爬着掙扎的，有默無聲息的……嘿！生命這十字架，有幾個人抗得起來？

但生命還不是頂重的担負，比生命更重實更壓得死人的是思想那十字架。人類心靈的歷史裏能有幾個天成的孟賁烏育？在思想可怕的戰場上我們就只祇有數得淸有限的幾具光榮的屍體。

我不敢非分的自誇；我不夠狂，不夠妄。我認識我自己力量的止境，但我却不能制止我看了這時候國內思想界萎癟現象的憤懣與羞惡。我要一把抓住這時代的腦袋，問他要一點眞思想的精神給我看看——不是借來的稅來的冒來的摘來的東西，不是紙糊的老虎，搖頭的傀儡，蜘蛛網幕面的偶像；我要的是筋骨裏迸出來，血液裏激出來，性靈裏跳出來，生命裏震盪出來的眞純的思想。我不來問他要，是我的懦怯；他拿不出來給我看，是他的恥辱。朋友，我要你選定一邊，假如你不能站在我的對面，拿出我要的東西來給我看，你就得站在我這一邊，幫着我對這時代挑戰。

我預料有人笑駡我的大話。是的，大話。我正嫌這年頭的話太小了，我們得造一個比小更小的字來形容這年頭聽着的說話，寫下印成的文字；我們得請一個想像力細緻如史魏夫脫（Dean Swift）的來描寫那些說小話的小口，說尖話的尖嘴。一大羣的食蟻獸！他們最大的快樂是忙着他們的尖喙在泥土裏覓尋細微的螞蟻。螞蟻是吃不完的，同時還可笑的尖嘴却益發不住的向尖的方向進化，小心再隔幾代連螞蟻這食料都顯太大了！

我不來談學問，我不配，我書本的知識是眞的十二分的有限。年輕的時候我念過幾本極普通的中國書，這幾年不但沒有知新，温過都說不上，我實在是固陋，但我却抱定孔子的一句話「知之爲知之，不知爲不知，是知也」，決不來強不知爲知；我並不看不起國學與研究國學的學者，我十二分尊敬他們，只是這部分的工作我只能讚羨的看他們去做，我自己恐怕不但今天，竟許這輩子都沒希望參加的了。外國書呢？看過的書雖則有幾本，但是眞說得上「我看過的」能有多少，說多一點，三兩篇戲，十來首詩，五六篇文章，不過這樣罷了。

科學我是不懂的，我不曾受過正式的訓練，最簡單的物理化理，都說不明白，我要是不預備就去考中學校，十分裏有九分是落第，你信不信！天上我只認識幾顆大星，地上幾棵大樹；這也不是先生教我從的；先生那裏學來的，十幾年學校教育給我的，究竟有些什麼，我實在想不起，說不上，我記得的只是幾個教授可笑的嘴臉與課堂裏強烈的催眠的空氣。

我人事的經驗與知識也是同樣的有限，我不曾做過工；我不曾嘗味過生活的艱難，我不曾打過仗，不曾坐過監，不曾進過什麼秘密黨，不曾殺過人，不曾做過買賣，發過一個大的財。

所以你看，我只是個極平常的人，沒有出人頭地的學問，更沒有非常的經驗。但同時我自信我也有我與人不同的地方。我不會投降這世界。我不受它的拘束。

我是一隻沒籠頭的野馬，我從來不曾站定過。我人是在這社會裏活着，我却不是這社會裏的一個，像是有離魂病似的，我這軀殼的動靜是一件事，我那夢魂的去處又是一件事。我是一個傻子：我曾經妄想在這流動的生裏發現一些不變的價值，在這打謊的世上尋出一些不磨滅的眞，在我這靈魂的冒險是生命核心裏的意義；我永遠在無形的經驗的巉巖上爬着。

冒險——痛苦——失敗——失望，是跟着來的，存心冒險的人就得打算他最後的失望；但失望却不是絕望，這分別很大。我是曾經遭受失望的打擊，我的頭是流着血，但我的頸子還是硬的；我不能讓絕望的重量壓住我的呼吸，不能讓悲觀的慢性病侵蝕我的精神，更不能讓厭世的惡質染黑我的血液。厭世觀與生命是不可並存的；我是一個生命的信徒，初起是的，今天還是的，將來我敢說，也是的。我決不容忍性靈的頹唐，那是最不可救藥的墮落，同時却繼續軀殼的存在；

在我，單還開口說話，提筆寫字的事實就表示後背有一個基本的信仰，完全的沒破綻的信仰；否則我何必再做什麼文章，辦什麼報刊？

但這並不是說我不感受人生遭遇的痛創；我決不是那童騃性的樂觀主義者；我決不來指着黑影說這是陽光，指着雲霧說這是青天，指着分明的惡說這是善；我並不否認黑影，雲霧與惡，我只是不懷疑陽先與青天與善的實在；暫時的掩蔽與侵蝕不能使我們絕望，這正應得加倍的激動我們尋求光明的決心。前幾天我覺着異常懊喪的時候無意中翻着尼采的一句話，極簡單的幾個字却涵有無窮的意義與強悍的力量，正如天上星斗的縱横與山川的經緯在無聲中暗示你人生的奧義，祛除你的迷惘，照亮你的思路，他說「受苦的人沒有悲觀的權利」(The sufferer has no right to pessimism）我那時感受一種異樣的驚心，一種異樣的歡悟：——

我不辭痛苦，因爲我要認識你，上帝；
我甘心，甘心在火燄裏存身，
到最後那時辰見我的眞，
見我的眞，我定了主意，上帝，再不遲疑！

所以我這次從南邊囘來，決意改變我對人生的態度，我寫信給朋友說這來要來認眞做一點『人的事業』了。——

我再不想成仙，蓬萊不是我的分；
我只要這地面，情願安分的做人。

在我這「決心做人，決心做一點認眞的事業」，是一個思想的大轉變；因爲先前我對這人生只是不調和不承認的態度，因此我與這現世界并沒有什麼相互的關係，我是我，它是它，它不能責備我，我也不來批評它。但這來我決心做人的宣言却就把我放進了一個有關係，負責任的地位，我再不能張着眼睛做夢，從今起得把現實當現實看：我要來察看，我要來檢查，我要來清除，我要來顛撲，我要來挑戰，我要來破壞。

人生到底是什麼？我得先對我自己給一個相當的答案。人生究竟是什麼？爲什麼這形形色色的，紛擾不清的現象——宗教，政治，社會，道德，藝術，男女，經濟？我來是來了，可還是一肚子的不明白，我得慢慢的看古玩似的，一件件拿在手裏看一個清切再來說話，我不敢保證我的話一定在行，我敢擔保的只是我自己思想的忠實；我前面說過我的學識是極淺陋的，但我却並不因此自餒，有時學問是一種束縛，知識是一層障礙，我只要能信得過我能看的眼，能感受的心，我就有我的話說；至於我說的話有沒有人聽，有沒有人懂，那是另外一件事我管不着了——『有的人身死了才出世的，』誰知道一個人有沒有眞的出世那一天？

是的，我從今起要迎上前去！生命第一個消息是活動，第二個消息是搏鬥，第三個消息是決定；思想也是的，活動的下文就是搏鬥。搏鬥就包含一個搏鬥的對象，許是人，許是問題，許是現象，許是思想本體。一個武士最大的期望是尋着一個相當的敵手，思想家也是的，他也要一個可以較量他充分的力量的對象，『攻擊是我的本性』，一個哲學家說，「要與你的對手相當——這是一個正直的決鬥的第一個條件。你心存鄙夷的時候你不能搏鬥。你占上風，你認定對手無能的時候你不應當搏鬥。我的戰略可以約成四個原則：——第一，我專打正占勝利的對象——在必要時我暫緩我的攻擊等他勝利了再開手。第二，我專打沒有人打的對象，我這邊不會有助手，我單獨的站定一邊——在這搏鬥中我難爲的只是我自己。第三，我永遠不來對人的攻擊——在必要時我只拿一個人格當顯微鏡用，借它來顯出某種普遍的，但却隱遁不易踪跡的惡性。第四，我攻擊某事物的動機，不包含私人嫌隙的關係，在我攻擊是一個善意的，而且在某種情况下，感恩的憑證。」

這位哲學家的戰略，我現在僭引作我自己的戰略，我盼望我將來不至於在搏鬥的沉酣中忽略了預定的規律，萬一疏忽時我懇求你們隨時提醒。我現在戴我的手套去！

北戴河海濱的幻想

他們都到海邊去了。我為左眼發炎不曾去。我獨坐在前廊，偎坐在一張安適的大椅內，袒着胸懷，赤着脚，一頭的散髮，不時有風來撩拂。清晨的晴爽，不曾消醒我初起時睡態；但夢思却半被曉風吹斷。我闔緊眼簾內視，只見一斑斑消殘的顏色，一似晚霞的餘赭，留戀地膠附在天邊。廊前的馬櫻，紫荆，籐蘿，青翠的葉與鮮紅的花，都將他們的妙影映印在水汀上，幻出幽媚的情態無數；我的臂上與胸前，亦滿綴了綠蔭的斜紋。從樹蔭的間隙平望，正見海灣：海波亦似被晨曦喚醒，黃藍相間的波光，在欣然的舞蹈。灘邊不時見白濤湧起，迸射着雪樣的水花。浴線內點點的小舟與浴客，水禽似的浮着；幼童的讙叫，與水波拍岸聲，與潛濤嗚咽聲，相間的起伏，競報一灘的生趣與樂意。但我獨坐的廊前，却只是靜靜的，靜靜的無甚聲響。嫵媚的馬櫻，只是幽幽的微顫着，蠅蟲也歛翅不飛。祇有遠近樹裏的秋蟬在紡紗似的綞引他們不盡的長吟。

在這不盡的長吟中，我獨坐在冥想。難得是寂寞的環境，難得是靜定的意境；寂寞中有不可言傳的和諧，靜默中有無限的創造。我的心靈，比如海濱，生平初度的怒潮，已經漸次的消翳，只賸有疏鬆的海砂中偶爾的迴響，更有殘缺的貝殼，反映星月的輝芒。此時摸索潮餘的班痕，追想當時洶湧的情景，是夢或是眞，再亦不須辨問，祇此眉稍的輕縐，唇邊的微哂，已足解釋無窮奥緒，深深的蘊伏在靈魂的微纖之中。

青年永遠趨向反叛，愛好冒險；永遠如初度航海者，幻想黃金機緣於浩森的烟波之外：想割斷繫岸的纜繩，扯起風帆，欣欣的投入無璵的懷抱。他厭惡的是平安，自喜的是放縱與豪邁。無顏色的生涯，是他目中的荊棘：絕海與凶巘，是他愛取由的塗徑。他愛折玫瑰；爲她的色香，亦爲她冷酷的刺毒。他愛搏狂瀾：爲他的莊嚴與偉大，亦爲他吞噬一切的天才，最是激發他探險與好奇的動機。他崇拜衝動：不可測，不可節，不可預逆，起，動，消歇皆在無形中，狂飆似的倏忽與猛烈與神秘。他崇拜鬥爭：從鬥爭中求劇烈的生命之意義，從鬥爭中求絕對的實在，在血染的戰陣中，呼嗷勝利之狂歡或歌敗喪的哀曲。

幻象消滅是人生裏命定的悲劇；青年的幻滅，更是悲劇中的悲劇，夜一般的沈黑，死一般的凶惡。純粹的，猖狂的熱情之火，不同阿拉亭的神燈，只能放射一時的異彩，不能永久的朗照；轉瞬間，或許，便已斂熄了最後的燄舌，只留存有限的餘燼與殘灰，在未滅的餘溫裏自傷與自慰。

流水之光，星之光，露珠之光，電之光，在青年的妙目中閃耀，我們不能不驚訝造化者藝術之神奇；然可怖的黑影，倦與衰與飽饜的黑影，同時亦緊緊的跟着時日進行，彷彿是煩惱，痛苦，失敗，或庸俗的尾曳，亦在轉瞬間，彗星似的掃滅了我們最自傲的神輝——流水涸，明星沒，露珠散滅，電閃不再！

在這豔麗的日輝中，只見愉悅與歡舞與生趣，希望，閃鑠的希望，在蕩漾，在無窮的碧空中，在綠葉的光澤裏，在蟲鳥的歌吟中，在青草的搖曳中——夏之榮華，春之成功。春光與希望，是長駐的；自然與人生，是調諧的。

在遠處有福的山谷內，蓮馨花在坡前微笑，稚羊在亂石間跳躍，牧童們，有的吹着蘆笛，有的平臥在草地上，仰看變幻的浮游的白雲，放射下的青影在初黃的稻田中縹渺地移過。在遠處安樂的村中，有妙齡的村姑，在流澗邊照映她自製的春裙；口啣烟斗的農夫三四，在預度秋收的豐盈，老婦人們坐在家門外陽光中取暖，她們的周圍有不少的兒童，手擎着黃白的錢花在環舞與歡呼。

在遠——遠處的人間，有無限的平安與快樂，無限的春光……

在此暫時可以忘却無數的落蕊與殘紅；亦可以忘却花蔭中掉下的枯葉，私語地預告三秋的情意；亦可以忘却苦惱的殭癟的人間，陽光與雨露的殷勤，不能再恢復他們腮頰上生命的微笑，亦可以忘却紛爭的互殺的人間，陽光與雨露的仁慈，不能感化他們凶惡的獸性；亦可以忘却庸俗的卑瑣的人間，行雲與朝露的豐姿，不能引逗他們刹那間的凝視；亦可以忘却自覺的失望的人間，絢爛的春時與媚草，只能反激他們悲傷的意緒。

我亦可以暫時忘却我自身的種種；忘却我童年期淸風白水似的天眞；忘却我少年期種種虛榮的希冀；忘却我漸次的生命的覺悟；忘却我熱烈的理想的尋求；忘却我心靈中樂觀與悲觀的鬥爭；忘却我攀登文藝高峯的艱辛；忘却刹那的啓示與澈悟之神奇；忘却我生命潮流之驟轉；忘却我陷落在危險的旋渦中之幸與不幸；忘却我追憶不完全的夢境；忘却我大海底裏埋着的秘密；忘却曾經刳割我靈魂的利刃，炮烙我靈魂的烈餤，摧毀我靈魂的狂飆與暴雨；忘却我的深刻的怨與艾；忘却我的冀與願；忘却我的恩澤與惠感；忘却我的過去與現在……

過去的實在，漸漸的膨漲，漸漸的模糊，漸漸的不可辨認；現在的實在，漸漸的收縮，逼成了意識的一線，細極狹極的一線，又裂成了無數不相聯續的黑點……黑點亦漸次的隱翳？幻術似的滅了，滅了，一個可怕的黑暗的空虛……

哀思辑第二

悼沈叔薇

（沈叔薇是我的一個表兄，從小同學，高小中學（杭州一中）都是同班畢業的，他是今年九月死的）

叔薇，你竟然死了，我常常的想着你，你是我一生最密切的一個人，你的死是我的一個不可補償的損失。我每次想到生與死的究竟時，我不定覺得生是可欲，死是可悲，我自己的經驗與默察只使我相信生的底質是苦不是樂，是悲哀不是幸福，是淚不是笑，是拘束不是自由：因此從生入死，在我有時看來，只是解化了實體的存在，脫離了現象的世界，你原來能辨別苦樂，忍受磨折的性靈，在這最後的呼吸離竅的俄頃，又投入了一種異樣的冒險。我們不能輕易的斷定那一邊沒有陽光與人情的溫慰，亦不能設想苦痛的滅絕。但生死間終究有一個不可掩諱的分別，不論你怎樣的看法。出世是一件大事，死亡亦是一件大事。一個嬰兒出母胎時他便與這生的世界開始了關係，這關係却不能隨着他去後的軀殼埋掩，這一生與一死，不論相間的距離怎樣的短，不論他生時的世界怎樣的仄——這一生死便是一個不可銷毀的事實：比如海水每多一次潮漲海灘便多受一次泛濫，我們全體的生命的灘沙裏，我想，也存記着最微小的波動與影響……

而況我們人又是有感情的動物。在你活着的時候，我可以攜着你的手，談我們的談，笑我們的笑，一同在野外仰望天上的繁星，或是共感秋風與落葉的悲涼……叔薇，你這幾年雖則與我不易相見，雖則彼此處世的態度更不如童年時的一致，但我知道，我相信在你的心裏還留着一部分給我的情意，因爲你也在我的胸中永占着相當的關切。我忘不了你，你也忘不了我。每次我回家鄉時，我往往在不曾解卸行裝前已經亟亟的尋求，欣欣的重溫你的伴侶。但如今在你我間的距離，不再是可以度量的里程，却是一切距離中最遼遠的一種距離——生與死的距離。我下次重歸鄉土，再沒有機會與你攜手談笑，再不能與你相與恣縱早年的狂態，我再到你們家去，至多只能撫摩你的寂寞的繐幃，仰望你的慘淡的遺容，或是手拿一把鮮花到你的墳前憑弔！

叔薇，我今晚在北京的寓裏，在一個冷靜的秋夜，傾聽着風催落葉的秋聲，咀嚼着為你興起的哀思，這幾行文字，雖則是隨意寫下，不成章節，但在這舒寫自來情感的俄頃，我彷彿又一度接近了你生前溫馴的，諧趣的人格，彷彿又見着了你瘦臉上的枯澀的微笑——比在生前更諧合的更密切的接近。

我沒有多少的話對你說，叔薇，你得寬恕我；當你在世時我們亦很少相互罄吐的機會。你去世的那一天我來看你，那時你的頭上，你的眉目間，已經刻畫着死的晦色，我叫了你一聲叔薇，你也從枕上側面來回叫我一聲志摩，那便是我們在永別前最後的緣分！我永遠忘不了那時病榻前的情景！

我前面說生命不定是可喜，死亦不定可畏：叔薇，你的一生尤其不曾嘗味過生命裏可能的樂趣，雖則你是天生的達觀，從不曾慕羨虛榮的人間；你如其繼續的活着，支撐着你的多病的筋骨，委蛇你無多沾戀的家庭，我敢說這樣的生轉不如撒手去了的乾淨！况且你生前至愛的骨肉，亦久已不在人間，你的生身的爹娘，你的過繼的爹娘，（我的姑母）你的姊姊——可憐娟姊，我始終不曾一度憑弔——還有你的愛妻，他們都在墳墓的那一邊滿開着他們天倫的懷抱，守候着他們最愛的「老五」，共享永久的安閒……

十一月一日早三時你的表弟志摩

我的彼得

新近有一天晚上，我在一個地方聽音樂，一個不相識的小孩，約莫八九歲光景，過來坐在我的身邊，他說的話我不懂，我也不易使他懂我的話，那可並不妨事，因爲在幾分鐘內我們已經是很好的朋友，他拉着我的手，我拉着他的手，一同聽台上的音樂。他年紀雖則小，他音樂的興趣已經很深：他比着手勢告我他也有一張提琴，他會拉，并且說那幾個是他已經學會的調子。他那資質的敏慧，性情的柔和，體態的秀美，不能使人不愛；而况我本來是歡喜小孩們的。

但那晚雖則結識了一個可愛的小友，我心裏却並不快爽；因爲不僅見着他使我想起你，我的小彼得，並且在他活潑的神情裏我想見了你，彼得，假如你長大的話，與他同年齡的影子。你在時，與他一樣，也是愛音樂的；雖則你回去的時候剛滿三歲，你愛好音樂的故事，從你襁褓時起，我屢次聽你媽與你的「大大」講，不但是十分的有趣可愛，竟可說是你有天賦的憑證，在你最初開口學話的日子，你媽已經寫信給我，說你聽着了音樂便異常的快活，說你在坐車裏常常伸出你的小手在車欄上跟着音樂按拍；你稍大些會得淘氣的時候，你媽說，只要把話匣開上，你便在旁邊乖乖的坐着靜聽，再也不出聲不鬧：——並且你有的是可驚的口味，是貝德花芬是槐格納你就愛，要是中國的戲片，你便蓋沒了你的小耳，決意不讓無意味的鑼鼓，打攪你的清聽！你的大大（她多疼你！）講給我聽你得小提琴的故事：怎樣那晚上買琴來的時候你已經在你的小床上睡好，怎樣她們爲怕你起來鬧趕快滅了燈亮把琴放在你的床邊，怎樣你這小機靈早已看見，却偏不作聲，等你媽與大大都上了床，你才偷偷的爬起來，摸着了你的寶貝，再也忍不住的你技癢，站在漆黑的床邊，就開始你「裁桑柴」的本領，後來怎樣她們干涉了你，你便乖乖的把琴抱進你的床去，一起安眠。她們又講你怎樣喜歡拿着一根短棍站在桌上模做音樂會的導師，你那認眞的神情常常叫在座人大笑。此外還有不少趣話，大大記得最清楚，她都講給我聽過；但這幾件故事已夠見證你小小的靈性裏早長着音樂的慧根。實際我與你媽早經同意想叫你長大時留在德國學習音樂；——誰知道在你的早殤裏我們不失去了一個可能的毛贊德（Mozart）：在中國音樂最饑荒的日子，難得見這一點希冀的青芽，又教運命無情的腳根踏倒，想起怎不可傷？

彼得，可愛的小彼得，我「算是」你的父親，但想起我做父親的往蹟，我心頭便湧起了不少的感想；我的話你是永遠聽不着了，但我想借這悼念你的機會，稍稍疏洩我的積愫，在這不自然的世界上，與我境遇相似或更不如的當不在少數，因此我想說的話或許還有人聽，覺許有人同情。就是你媽，彼得，她也何嘗有一天接近過快樂與幸福，但她在她同樣不幸的境遇中證明她的智斷，她的忍耐，尤其是她的勇敢與胆量；所以至少她，我敢相信，可以懂得我話裏意味的深淺，也只有她，我敢說，最有資格指證或相詮釋，在她有機會時，我的情感的眞際。

但我的情愫！是怨，是恨，是懺悔，是悵惘？對着這不完全，不如意的人生，誰沒有怨，誰沒有恨，誰沒有悵惘？除了天生顢頇的，誰不曾在他生命的經途中——葛德說的——和着悲哀吞他的飯，誰不曾擁着半夜的孤衾飲泣？我們應得感謝上蒼的是他不可度量的心裁，不但在生物的境界中他創造了不可計數的種類，就這悲哀的人生也是因人差異，各各不同，——同是一個碎心，却沒有同樣的碎痕，同是一滴眼淚，却難尋同樣的淚晶。

彼得我愛，我說過我是你的父親。但我最後見你的時候你才不滿四月，這次我再來歐洲你已經早一個星期回去，我見着的只你的遺像，那太可愛，與你一撮的遺灰，那太可慘。你生前日常把弄的玩具——小車，小馬，小鵝，小琴，小書——，你媽曾經件件的指給我看，你在時穿着的衣褂鞋帽你媽與你大大也曾含着眼淚從箱裏理出來給我撫摩，同時她們講你生前的故事，直到你的影像活現在我的眼前，你的脚蹤彷彿在樓板上踹響。你是不認識你父親的，彼得，雖則我聽說他的名字常在你的口邊，他的肖像也常受你小口的親吻，多謝你媽與你大大的慈愛與眞摯，她們不僅永遠把你放在她們心坎的底裏，她們也使我，沒福見着你的父親，知道你，認識你，愛你，也把你的影像，活潑，美慧，可愛，永遠鏤上了我的心版。那天在柏林的會館裏，我手捧着那收存你遺灰的錫瓶，你媽與你七舅站在旁邊止不住滿淚，你的大大哽咽着，把一個小花圈掛上你的門前——那時間我，你的父親，覺着心裏有一個尖銳的刺痛，這才初次明白曾經有一點血肉從我自己的生命裏分出，這才覺着父性的愛像泉眼似的在性靈裏汩汩的流出：只可惜是遲了，這慈愛的甘液不能救活已經萎折了的鮮花，只能在他紀念日的周遭永遠無聲的流轉。

彼得，我說我要借這機會稍稍爬梳我年來的鬱積；但那也不見得容易；要說的話彷彿就在口邊，但你要它們的時候，它們又不在口邊：像是長在大塊岩石底下的嫩草，你得有力量翻起那岩石才能把它不傷損的連根起出——誰知道那根長的多深！是恨，是怨，是懺悔，是悵惘？許是恨，許是怨，許是懺悔，許是悵惘。荊棘刺入了行路人的脛踝，他才知道這路的難走；但為什麼有荊棘？是它們自己長着，還是有人成心種着的？也許是你自己種下的？至少你不能完全抱怨荆棘，一則因爲這道是你自願才來走的，再則因爲那刺傷是你自己的脚踏上了荆棘的結果，不是荆棘自動來刺你——但又誰知道？因此我有時想，彼得，像你倒眞是聰明：你來時是一團活潑，光亮的天眞，你去時也還是一個光亮，活潑的靈魂；你來人間眞像是短期的作客，你知道的是慈母的愛，陽光的和暖與花草的美麗，你離開了媽的懷抱，你囘到了天父的懷抱，我想他聽你欣欣的囘報這番作客——只嘗甜漿，不吞苦水——的經驗，他上年紀的臉上一定滿布着笑容——你的小脚踝上不曾碰着過無情的荆刺，你穿來的白衣不曾沾着一斑的泥汚。

但我們，比你住久的，彼得，却不是來作客；我們是遭放逐，無形的解差永遠在後背催逼着我們趕道：爲什麼受罪，前途是那裏，我們始終不曾明白，我們明白的只是底下流血的脛踝，只是這無恩的長路，這時候想囘頭已經太遲，想中止也不可能，我們眞的羨慕，彼得，像你那譎期的簡淨。

在這道上遭受的，彼得，還不止是難，不止是苦，最難堪的是逐步相追的嘲諷，身影似的不可解脫。我既是你的父親，彼得，比方說，爲什麼我不能在你的生前，日子雖短，給你應得的慈愛，爲什麼要到這時候，你已經去了不再囘來，我才覺着骨肉的關連？並且假如我這番不到歐洲，假如我在萬里外接到你的死耗，我怕我只能看作水面上的雲影，來時自來，去時自去：正如你生前我不知欣喜，你在時我不知愛惜，你去時也不能過分動我的情感。我自分不是無情，不是寡恩，爲什麼我對自身的血肉，反是這般不近情的冷漠？彼得，我問爲什麼，這問的後身便是無限的隱痛；我不能怨，我不能恨，更無從悔，我只是悵惘，我只能問！明知是自苦的揶揄，但我只能忍受。而況揶揄還不止此，我自身的父母，何嘗不赤心的愛我；但他們的愛却正是造成我痛苦的原因：我自己也何嘗不篤愛我的親親，但我不僅不能盡我的責任，不僅不曾給他們想望的快樂，我，他們的獨子，也不免加添他們的煩愁，造作他們的痛苦，這又是為什麽？在這裏，我也是一般的不能恨，不能怨，更無從悔，我只是悵惘——我只能問。昨天我是個孩子，今天已是壯年；昨天腮邊還帶着圓潤的笑渦，今天頭上已見星星的白髮；光陰帶走的往蹟，再也不容追贖，留下在我們心頭的只是些挪挪的鬼影；我們在這道上偶爾停步迴想的時候，只能投一個虛圈的「假使當初」，解嘲已往的一切。但已往的教訓，卽使有，也不能給我們利益，因為前途還是不減啓程時的渺茫，我們還是不能選擇取由的途徑——到那天我們無形的解差喝住的時候，我們唯一的權利，我猜想，也只是再丟一個虛圈更大的「假使」，圓滿這全程的寂寞，

那就是止境了•

我的祖母之死

（一）

『一個單純的孩子，
過他快活的時光，
興匆匆的，活潑潑的，
何嘗識別生存與死亡？』

這四行詩是英國詩人華茨華斯（William Wordsworte）一首有名的小詩叫做『我們是七人』(We are Seven)的開端，也就是他的全詩的主意。這位愛自然，愛兒童的詩人，有一次碰着一個八歲的小女孩，髮鬆蓬鬆的可愛，他問她兄弟姊妹共有幾人，她說我們是七個，兩個在城裏，兩個在外國，還有一個姊妹一個哥哥，在她家裏附近教堂的墓園裏埋着。但她小孩的心理，却不分淸生與死的界限，她每晚擕着她的乾點心與小盤皿，到那墓園的草地裏，獨自的吃，獨自的唱，唱給她的在土堆裏眠着的兄姊聽，雖則他們靜悄悄的莫有囘響，她爛漫的童心却不曾感到生死間有不可思議的阻隔；所以任憑華翁多方的譬解，她只是睜着一雙靈動的小眼，囘答說：

「可是，先生，我們還是七人。」

（二）

其實華翁自己的童眞，也不讓那小女孩的完全：他曾經說「在孩童時期，我不能相信我自己有一天也會得悄悄的躺在墳裏，我的骸骨會得變成塵土。」又一次他對人說「我做孩子時最想不通的，是死的這回事將來也會得輪到我自己身上。」

孩子們天生是好奇的，他們要知道猫兒爲什麽要吃耗子，小弟弟從那裏變出來的，或是究竟先有雞還是先有雞蛋；但人生最重大的變論——死的現象與實在，他們也只能含糊的看過，我們不能期望一個個小孩子們都是搔頭窮思的丹麥王子。他們臨到喪故，往往跟着大人啼哭；但他只要眼淚一乾，就會到院子裏踢毽子，趕胡蝶，就使在屋子裏長眠不醒了的是他們的親爹或親娘，大哥或小妹，我們也不能盼望悼死的悲哀可以完全翳蝕了他們稚羊小狗似的歡欣。你如其對孩子說，你媽死了，你知道不知道——他十次裏有九次只是對着你發呆；但他等到要媽叫媽，媽偏不應的時候，他的嫩頰上就會有熱淚流下。但小孩天然的一種表情，往往可以給人們最深的感動。我生平最忘不了的一次電影，就是描寫一個小孩愛戀已死母親的種種天眞的情景。她在園裏看種花，園丁告訴她這花在泥裏，澆下水去，就會長大起來。那天晚上天下大雨，她睡在床上，被雨聲驚醒了，忽然想起園丁的話，她的小腦筋裏就發生了絕妙的主意。她偸偸的爬出了床，走下樓梯，到書房裏去拿下桌上供着的她死母的照片，一把揣在懷裏，也不顧傾倒着的大雨，一直走到園裏，在地上用園丁的小鋤掘鬆了泥土，把她懷裏的親媽，謹愼的取了出來，栽在泥裏，把鬆泥掩護着；她做完了工就蹲在那裏守候——一個三四歲的女孩，穿着白色的睡衣，在深夜的暴雨裏，蹲在露天的地上，專心篤意的盼望已經死去的親娘，像花草一般，從泥土裏發長出來！

（三）

我初次遭逢親屬的大故，是二十年前我祖父的死，那時我還不滿六歲。那是我生平第一次可怕的經驗，但我追想當時的心理，我對於死的見解也不見得比華翁的那位小姑娘高明。我記得那天夜裏，家裏人吩咐祖父病重，他們今夜不睡了，但叫我和我的姊妹先上樓睡去，回頭要我們時他們會來叫的。我們就上樓去睡了，底下就是祖父的臥房，我那時也不十分明白，只知道今夜一定有很怕的事，有火燒，強盜搶，做怕夢；一樣的可怕。我也不十分睡着，只聽得樓下的急步聲，碗碟聲，喚婢僕聲，隱隱的哭泣聲，不息的響着。過了半夜，他們上來把我從睡夢裏抱了下去，我醒過來只聽得一片的哭聲，他們已經把長條香點起來，一屋子的煙，一屋子的人，團擁在床前，哭的哭，喊的喊，我也捱了過去，在人叢裏偷看大床裏的好祖父。忽然聽說醒了醒了，哭喊聲也欲了，我看見父親爬在床裏，把病父抱持在懷裏，祖父倚在他的身上，雙眼緊閉着，口裏銜着一塊黑色的藥物他說話了，很清的聲音，雖則我不曾聽明他說的什麼話，後來知道他經過了一陣昏暈，他又醒了過來對家人說：『你們吃嚇了，這算是小死。』他接着又說了好幾句話，隨講音隨低，呼氣隨微，去了，再不醒了，但我却不會親見最後的彌留，也許是我記不起，總之我那時早已跪在地板上，手裏擎着香，跟著大衆高聲的哭喊了。

（四）

此後我在親戚家收殮雖則看得不少，但死的實在的狀況却不曾見過。我們念書人的幻想力是較比的豐富，但往往因爲有了幻想力，就不管生命現象的實在，結果是書獃子，陸放翁說的『百無一用是書生。』人生的範圍是無窮的：我們少年時精力充足什麼都不怕嘗試，只愁沒有出奇的事情做，往往抱怨這宇宙太窄，青天太低，大鵬似的翅膀飛不痛快，但是……但是平心的說，且不論奇的，怪的，特別的，離奇的，我們姑且試問人生裏最基本的事實，最單純的，最普遍的，最平庸的，最近人情的經驗，我們究竟能有多少的把握，我們能有多少深徹的了解，我們是否都親身經歷過？譬如說：生產，戀愛，痛苦，悲，死，妬，恨，快樂，眞疲倦，眞飢餓，渴，毒餤似的渴，眞的幸福，凍的刑罰，懺悔，種種的情熱。我可以說，我們平常人生觀，人類，人道，人情，眞理，哲理，本能等等名詞不離口吻的念書人們，什麼文學家，什麼哲學家——關於眞正人生基本的事實的實在，知道的——恐怕是極微至尠，卽使不等於圓圈。我有一個朋友，他和他夫人的感情極厚，一次他夫人臨到難產，因爲在外國，所以進醫院什麼都得他自己照料，最後醫生宣言只有用手術一法，但性命不能担保，他沒有法子，只好和他半死的夫人訣別。（解剖時親屬不准在旁的）滿心毒魔似的難受，他出了醫院，走在道上，走上橋去，像得了離魂病似的，心脈舂臼似的跳着，最後他聽着了教堂和緩的鐘聲，他就不自主的跟着鐘聲，進了教堂，跟着在做禮拜的跪着，禱告，懺悔，祈求，唱詩，流淚，（他並不是信教的人），他這樣的捱過時刻，後來回轉醫院時，一步步都是慘酷的磨難，比上行刑場的犯人，加倍的難受，他怕見醫生與看護婦，彷彿他的運命是在他們的手掌裏握着。事後他對人說『我這才知道了人生一點子的意味！』

（五）

所以不曾經歷過精神或心靈的大變的人們，只是在生命的戶外徘徊，也許偶爾猜想到幾分牆內的動靜，但總是浮的淺的，不切實的，甚至完全是隔膜的。人生也許是個空虛的幻夢，但在這幻象中，生與死，戀愛與痛苦，畢竟是陡起的奇峯，應得激動我們徬徨者的注意，在此中也許有可以感悟到一些幻裏的眞，虛中的實，這浮動的水泡不曾破裂以前，也應得飽吸自由的日光，反射幾絲顏色！

我是一隻不羈的野駒，我往往縱容想像的猖狂，詭辦人生的現實；比如憑藉凹折的玻璃，覺察當前景色。但時而復再，我也能從煩囂的雜響中聽出清新的樂調，在眩耀的雜彩裏，看出有條理的意匠。這次祖母的大故，老家庭的生活，給我不少靜定的時刻，不少深刻的反省。我不敢說我因此感悟了部份的眞理，或是取得了若干的智慧；我只能說我因此與實際生活更深了一層的接觸，益發激動我對於人生種種好奇的探討，益發使我驚訝這迷謎的玄妙，不但死是神奇的現象，不但生命與呼吸是神奇的現象，就連日常的生活與習慣與迷信，也好像放射着異樣的光閃，不容我們擅用一兩個形容詞來概狀，更不容我們昌言什麼主義來抹煞——一個革新者的熱心，碰着了實在的寒冰！

（六）

我在我的日記裏翻出一封不曾寫完不曾付寄的信，是我祖母死後第二天的早上寫的。我時在極強烈的極鮮明的時刻內，很想把那幾日經過感想與疑問，痛快的寫給一個同情的好友，使他在數千里外也能分當我強烈的鮮明的感情。那位同情的好友我選中了通伯，但那封信却只起了一個呆重的頭，一爲喪中忙，二爲我那時眼熱不耐用心，始終不曾寫就，一直挨到現在再想補寫，恐怕強烈已經變弱，鮮明已經透闇，逃亡的囚逋，不易追獲的了。我現在把那封殘信錄在這里，再來追摹當時的情景。

「通伯：

我的祖母死了！從昨夜十時半起，直到現在，滿屋子只是號啕呼搶的悲音．與和尚道士女僧的禮懺鼓磬聲。二十年前祖父喪時的情景．如今又在眼前了。忘不了的情景！你願否聽我講些？

我一路回家，怕的是也許已經見不到老人，但老人却在生死的交關彷彿存心的彌留着，等待她最鍾愛的孫兒——即不能與他開言訣別，也使他尚能把握他依然溫暖的手掌，撫摩她依然跳動着的胸懷，凝親她依然能自開自闔雖則不再能表情的目睛。她的病是腦充血的一種，中醫稱爲『卒中』（最難救的中風）。她十日前在暗房裏蹎仆倒地，從此不再開口出言，登仙似的結束了她八十四年的長壽，六十年良妻與賢母的辛勤，她現在已經永遠的脫辭了煩惱的人間，還歸她清淨自在的來處。我們承受她一生的厚愛與蔭澤的兒孫，此時親見，將來追念，她最後的神化，不能自禁中懷的摧痛，熱淚暴雨似的迸湧，然痛心中却亦隱有無窮的讚美，熱淚中依稀想見她功成德備的微笑，無形中似有不朽的靈光，永遠的臨照她繇衍的後裔……」

（七）

舊曆的乞巧那一天，我們一大羣快活的遊蹤，驢子灰的黃的白的，轎子四個脚夫抬的，正在山海關外，紆迴的，曲折的繞登角山的棲賢寺，面對着殘圮的長城，巨蟲似的爬山越嶺，隱入煙霧的迷茫。那晚回北戴河海濱住處，已經半夜，我們還打算天亮四點鐘上蓮峯山去看日出，我已經快上床，忽然想起了，出去問有信沒有，聽差遞給我一封電報，家裏來的四等電報。我就知道不妙，果然是「祖母病危速回」！我當晚就收拾行裝，趕早上六時車到天津，晚上才上津浦快車。正嫌路遠車慢，半路又為水發冲壞了軌道過不去，一停就停了十二點鐘有餘，在車裏多過了一夜，直到第三天的中午方才過江上滬甯車。這趟車如其準點到上海，剛好可以接上滬杭的夜車，誰知道又誤了點，誤了不多不少的一分鐘，一面我們的車進站，他們的車頭烏的一聲叫，別斷別斷的去了！我若然是空身子，還可以冒險跳車，偏偏我的一雙手又被行李羼定了，所以只得定着眼睛送它走。

所以直到八月二十二日的中午我方才到家。我給通伯的信說「怕的是已經見不着老人」，在路上那幾天真是難受，縮不短的距離沒有法子，但是那急人的水發，急人的火車，幾面湊攏來，叫我盤盤的遲一晝夜到家！試想病危了的八十四歲的老人，這二十四點鐘不是容易過的，說不定她剛巧在這個期間內有什麽動靜，那才叫人抱憾哩！但是結果還算沒有多大的差池——她老人家還在生死的交關等着！

（八）

奶奶——奶奶——奶奶！奶——奶！你的孫兒回來了，奶奶！沒有回音。老太太闔著眼，仰面躺在床裏，右手拿着一把半舊的鵝翎扇很自在的扇動着。老太太原來就怕熱，每年暑天總是扇子不離手的，那幾天又是特別的熱。這還不是好好的老太太，呼吸頂勻淨的，定是睡着了，誰說危險！奶奶，奶奶！她把扇子放下了，伸手去摸着頭頂上掛着的冰袋，一把抓得緊緊的，呼了一口長氣，像是暑天趕道兒的喝了一盌涼湯似的，這不是她明明的有感覺不是？我把她的手拿在我的手裏，她似乎感覺我手心的熱，可是她也讓我握着，她開眼了！右眼張得比左眼開些，瞳子却是發呆，我拿手指在她的眼前一挑，她也沒有瞬，那準是她瞧不見了——奶奶，奶奶，——她也眞沒有聽見，難道她眞是病了，眞是危險，這樣愛我疼我寵我的好祖母，難道眞會得………我心裏一陣的難受，鼻子裏一陣的酸，滚熱的眼淚就迸了出來。這時候牀前已經擠滿了人，我的這位，我是那位，我一眼看過去，只見一片慘白憂愁的面色，一雙雙裝滿了淚珠的眼眶。我的媽更看的憔悴。她們已經伺候了六天六夜，媽對我講祖母這回不幸的情形，怎樣的她夜飯前還在大廳上吩咐事情，怎樣的飯後進房去自己擦臉，不知怎樣的閃了下去，外面人聽着響聲才進去，已經是不能開口了，怎樣的請醫生，一直到現在還沒有轉機………

一個人到了天倫骨肉的中間，整套的思想情緒，就變換了式樣與顏色。你的不自然的口音與語法沒有用了；你的耀眼的袍服可以不必穿了；你的潔白的天使的翅膀，預備飛翔出入間到天堂的，不便在你的慈母跟前自由的開豁；你的理想的樓台亭閣，也不易輕易的放進還二百年的老屋；你的佩劍，要塞，以及種種的防禦，在爭競的外界即使是必要的，到此只是可笑的累贅。在這裏，不比在其餘的地方，他們所要求於你的，只是隨熟的聲音與笑貌，只是好的，純粹的本性，只是一個沒有斑點子的赤裸裸的好心。在這些純愛的骨肉的經緯中心，不由得你不從你的天性裏抽出最柔糯亦最有力的幾縷絲線來加密或是縫補這幅天倫的結構。

所以我那時坐在祖母的牀邊，含着兩朵熱淚，聽母親敘述她的病况，我腦中發生了異常的感想，我像是至少逃囘了二十年的光陰，正如我膝前子姪輩一般的高矮，囘復了一片純樸的童眞，早上走來祖母的牀前，揭開帳子叫一聲軟和的奶奶，她也叫了我一聲，伸手到裏牀去摸給我一個蜜棗或是三片狀元糕，我又叫了一聲奶奶，出去玩了，那是如何可愛的辰光，如何可愛的天眞，但如今沒有了，再也不回來了。現在牀裏躺着的，還不是我的親愛的祖母，十個月前我伴着到普渡登山拜佛淸健的祖母，但現在何以不再答應我的呼喚，何以不再能表情，不再能說話，她的靈性那裏去了，她的靈性那裏去了？

（九）

一天，一天，又是一天——在垂危的病榻前過的時刻，不比平常飛駛無礙的光陰，時鐘上同樣的一聲的䳸，直接的打在你的焦急的心裏，給你一種糢糊的隱痛——祖母還是照樣的眠着，右手的脈自從發病以來已是極微僅有的，但不能動彈的却反是有脈的左側，右手還是不時在揮扇，但她的呼吸還是一例的平勻，面容雖不免瘦削，光澤依然不減，並沒有顯着的衰象，所以我們在旁邊看她的，差不多每分鐘都盼望她從這常長期的睡眠中醒來，打一個哈欠，就開眼見人，開口說話——果然她醒了過來，我們也不會覺得離奇，像是原來應當似的。但這究竟是我們親人絕望中的盼望，實際上所有的醫生，中醫，西醫，針醫，都己一致的回絕，說這是「不治之症」中醫說這脈象是憑證，西醫說腦殼裏血管破裂，雖則植物性機能——呼吸，消化——不曾停止，但言語中樞已經斷絕——此外更專門更玄學更科學的理論我也記不得了。所以暫時不變的原因，就在老太太本來的體元太好了，拳術家說的「一時不能散工」，並不是病有轉機的兆頭。

我們自己人也何嘗不明白這是個絕症；但我們却總不忍自認是絕望：這「不忍」便是人情。我有時在病榻前，在凄悒的靜默中，發生了重大的疑問。科學家說人的意識與靈感，只是神經系最高的作用，這複雜，微妙的機械，只要部分有了損傷或是停頓，全體的動作便發生相當的影響；如其最重要的部分受了擾亂，他不是變成反常的瘋癲，便是完全的失去意識。照這一說，體卽是用，離了體卽沒有用；靈魂是宗教家的大謊，人的身體一死什麼都完了。這是最甘脆不過的說法，我們活着時有這樣有那樣己經健夠麻煩，儘夠受，誰還有興致，誰還願意到墳墓的那一邊再去發生關係，地獄也許是黑暗的，天堂是光明的，但光明與黑暗的區別無非是人類專擅的假定，我們只要擺脫這皮囊，還歸我清靜，我就不願意頭戴一個黃色的空圈子，合着手掌跪在雲端裏受罪！

再回到事實上來，我的祖母——一位神智最清明的老太太——究竟在那裏？我既然不能斷定因爲神經部分的震裂她的靈感性便永遠的消滅，但同時她又分明的失却了表情的能力，我只能設想她人格的自發性，也許比平時消澹了不少，却依舊是在着，像在夢魘裏將醒未醒時似的，明知她的兒女孫曾不住的叫喚她醒來，明知她即使要永別也總還有多少的囑咐，但是可憐她的睛球再不能反映外界的印象，她的聲帶與口舌再不能表達她內心的情意，隔着這脆弱的肉體的關係，她的性靈再不能與他最親的骨肉自由的交通——也許她也在整天整夜的伴着我們焦急，伴着我們傷心，伴着我們出淚，這才是可憐，這才眞叫人悲感哩！

（十）

到了八月二十七那天，離她起病的第十一天，醫生吩咐脈象大大的變了，叫我們當心，還十一天內每天她只嚥入很困難的幾滴稀薄的米湯，現在她的面上的光澤也不如早幾天了，她的目眶更陷落了，她的口部的筋肉也更寬弛了，她右手的動作也減少了，即使拿起了扇子也不再能很自然的扇動了——她的大限的確已經到了。但是到晚飯後，反是沒有什麽顯象。同時一家人着了忙，準備壽衣的，準備冥鏹的，準備香燈等等的。我從裏走出外，又從外走進裏，只見匆忙的脚步與嚴肅的面容。這時病人的大動脈已經微細的不可辦，雖則呼吸還不至怎樣的急促。這時一門的骨肉已經齊集在病房裏，等候那不可避免的時刻。到了十時光景，我和我的父親正坐在房的那一頭一張牀上，忽然聽得一個哭叫的聲音說——『大家快來看呀，老太太的眼睛張大了！』這尖銳的喊聲，彷彿是一大桶的冰水澆在我的身上，我所有的毛管一齊豎了起來，我們跟蹌的奔到了牀前，擠進了人叢。果然，老太太的眼睛張大了，張得很大了！這是我一生從不曾見過，也是我一輩子忘不了的眼見的神奇。（恕罪我的描寫！）不但是兩眼，面容也是絕對的神變了（Transfigured）；她原來皺縮的面上，發出一種鮮潤的彩澤，彷彿半瘀的血脈，又一度滿充了生命的精液，她的口，她的兩頰，也都回復了異樣的豐潤；同時她的呼吸漸漸的上升，急進的短促，現在已經幾乎脫離了氣管，只在鼻孔裹朧響的呼出了。但是最神奇不過的是一隻眼睛！她的瞳孔早已失去了收斂性，呆頓的放大了。但是最後那幾秒鐘！不但眼眶是充分的張開了，不但黑白分明，瞳孔銳利的緊斂了，並且放射着一種不可形容，不可信的輝光，我只能稱他爲「生命最集中的靈光」！這時候床前只是一片的哭聲，子媳喚着娘，孫子喚着祖母，婢僕爭喊着老太太，幾個稚齡的曾孫，也跟着狂叫太太……但老太太最後的開眼，彷彿是與她親愛的骨肉，作無言的訣別，我們都在號泣的送終，她也安慰了，她放心的去了。在幾秒時內，死的黑影已經移上了老人的面部，遏滅了生命的異彩，她最後的呼氣，正似水泡破裂，電光沓滅，菩提的一響，生命呼出了竅，什麽都止息了。

（十二）

我滿心充塞了死象的神奇，同時又須顧管我有病的母親，她那時出性的號陶，在地板上滚着，我自己反而哭不出來；我自己也覺得奇怪，眼看着一家長幼的涕淚滂沱，耳聽着狂沸似的呼搶號叫，我不但不發生同情的反應，却反而達到了一個超感情的，靜定的，幽妙的意境，我想像的看見祖母脫離了軀殼與人間，穿着雪白的長袍，冉冉的上升天去，我只想默默的跪在塵埃，讚美她一生的功德，讚美她一生的圓寂。這是我的設想！我們內地人却沒有這樣純粹的宗教思想；他們的假定是不論死的是高年厚德的老人或是無知無慾的幼孩，或是罪大惡極的凶人，臨到彌留的時刻總是一例的有無常鬼，摸壁鬼，牛頭馬面，赤髮撩牙的陰差等等到門，拿着鐐銶枷鎖，來捉拿陰魂到案。所以燒紙帛是平他們的暴戾，最後的呼搶是沒奈何的訣別。這也許是大部份臨死時實在的情景，但我們却不能概定所有的靈魂都不免遭受這樣的凌辱。譬如我們的祖老太太的死，我只能想像她是登天，只能想像她慈祥的神化——像那樣鼎沸的號陶，固然是至性不能自禁，但我總以爲不如匍伏隱泣或禱默，較爲近情，較爲合理。

理智發達了，感情便失了自然的濃摯；厭世主義的看來，眼淚與笑聲一樣是空虛的，無意義的。但厭世主義姑且不論，我却不相信理智的發達，會得妨礙天然的情感；如其教育眞有效力，我以爲效力就在剗削了不合理性的『感情作用』，但決不會有損眞純的感情；她眼淚也許比一般人流得少些，但他等到流淚的時候，他的淚才是應流的淚。我也是智識愈開流淚愈少的一個人，但這一次却也眞的哭了好幾次。一次是伴我的姑母哭的，她爲產後不會復元，所以祖母的病一直瞞着她，一直到了祖母故後的早上方才通知她。她扶病來了，她還不曾下轎，我已經聽出她在啜泣，我一時感覺一陣的悲傷，等到她出轎放聲時，我也在房中歔欷不住。又一次是伴祖母當年的贈嫁婢哭的。她比祖母小十一歲，今年七十三歲，亦已是個白髮的婆子，她也來哭他的「小姐」，她是見着我祖母的花燭的唯一個人，她的一哭我也哭了。

再有是伴我的父親哭的。我總是覺得一個身體偉大的人，他動情感的時候，動人的力量也比平常人偉大些。我見了我父親哭泣，我就忍不住要伴着淌淚。但是感動我最強烈的幾次，是他一人倒在床裏，反覆的啜泣着，叫着媽，像一個小孩似的，我就感到最熱烈的傷感，在他偉大的心胸裏浪濤似的起伏，我就感到母子的感情的確是一切感情的起原與總結，等到一失慈愛的蔭蔽，彷彿一生的事業頓時莫有了根柢，所有的快樂都不能填平這唯一的缺陷；所以他這一哭，我也眞哭了。

但是我的祖母果眞是死了嗎？她的軀體是的。但她是不死的。詩人勃蘭恩德說(Bryant)

So live, that when thy summons comes to join the innumerable
caravan, which moves to that mysterious realm where each one takes
His chamber in the silent halls of death, then go not, like the qoarry
Slave at night scourged to his dungeon, but sustained and soothed
By an unfaltering truth, approach thy grave like one that wraps the
Drapery of his couch, adout him, and lies down to pleasant dreams,

如果我們的生前是盡責任的，是無愧的，我們就會安坦的走近我們的墳墓，我們的靈魂裏不會有慚愧或悔恨的留痕。人生自生至死，如物關恩德的比喻，眞是大隊的旅客在不盡的沙漠中進行，只要良心有個安頓，到夜裏你臥倒在幔幕裏也就不怕噩夢來纏繞。

我的祖母，在那舊式的環境裏，到我們家來五十九年，眞像是做了長期的苦工，她何嘗有一日的安閒，不必說子女的嫁娶，就是一家的柴米油鹽，掃地抹桌，那一件事不在八十歲老人早晚的心上！我的伯父快近六十歲了，但他的起居飲食，還差不多完全是祖母經管的，初出世的曾孫如其有些身熱咳嗽，老太太晚上就睡不安穩；她愛我寵我的深情，更不是文字所能描寫；她那深厚的慈蔭，眞是無所不包，無所不蔽。但她的身心即使勞碌了一生，她的報酬却在靈魂無上的平安；她的安慰就在她的兒女孫曾，只要我們能夠步她的前例，各盡天定的責任，她在冥冥中也就永遠的微笑了。

十一月二十四日

傷雙栝老人

看來你的死是無可致疑的了，宗孟先生，雖則你的家人們到今天還沒法尋囘你的殘骸。最初消息來時，我只是不信，那其實是太兀突，太荒唐，太不近情。我曾經幾囘夢見你生還，叙述你歷險的始末，多活現的夢境！但如今在栝樹凋盡了青枝的庭院，再不聞「老人」的謦欬；眞的沒了，四壁的白聯彷彿在微風中歎息。這三四十天來，哭你有你的內眷，姊妹，親戚，悼你的私交；惜你有你的政友與國內無數愛君才調的士夫。志摩是你的一個忘年的小友。我不來敷陳你的事功，不來歷叙你的言行；我也不來再加一份涕淚弔你最後的慘變。魂兮歸來！此時在一個風滿天的深夜握筆，就只兩件事閃閃的在我心頭：一是你的諧趣天成的風懷，一是髫年失怙的諸弟妹，他們，你在時，那一息不是你的關切，便如今，料想你傍徨的陰魂也常在他們的身畔飄逗。平時相見，我傾倒你的語妙，往往含笑靜聽，不叫我的笨澀羼雜你的瑩徹，但此後，可恨這生死間無情的阻隔，我再沒有那樣的清福了！只當你是在我跟前，只當是消磨長夜的閒談，我此時對你說些瑣碎，想來你不至厭煩罷。

先說說你的弟妹。你知道我與小孩子們說得來，每回我到你家去，他們一羣四五個，連着眼珠最黑的小五，浪一般的擁上我的身來，牽住我的手，攀住我的頭，問這樣，問那樣；我要走時他們就着了忙，搶帽子的，鎖門的，嗄着聲音苦求的——你也曾見過我的狼狽。自從你的噩耗到後，可憐的孩子們，從不滿四歲到十一歲，那懂得生死的意義，但看了大人們嚴肅的神情，他們也都發了呆，一個個木鷄似的在人前楞着。有一天聽說他們私下在商量，想組織一隊童子軍，衛出山海關去替爸爸報仇！

「括安」那處報到的一個早上，我正在你家。忽然間一陣天翻似的鬧聲從外院陡起，一羣孩子擁着一位手拿電紙的大聲的歡呼着，衝鋒似的陷進了上房。果然是大勝利，該得慶祝的：「爹爹沒有事！」「爹爹好好的！」徽那裏平安電馬上發了去，省她急。福州電也發了去，省他們跋涉。但這歡喜的風景運定活不到三天，又叫接着來的消息給完全煞盡！

當初送你同去的諸君回來，證實了你的死信。那晚，你的骨肉一個個走進你的臥房，各自默惻惻的坐下，阿，那一陣子最難堪的噤寂，千萬種痛心的思潮在各個人的心頭，在這沈默的關慘中，激盪，凶湧，起伏。可憐的孩子們也都淚瀅瀅的攢聚在一處，相互的偎着，半懂得情景的嚴重。霎時間，衝破這沈默，發動了放聲的號啕，骨肉間至性的悲哀——你聽着嗎，宗孟先生，那晚有半輪黄月斜覘着北海白塔的淒涼？

我知道你不能忘情這一羣童稚的弟妹。前晚我去你家時見小四小五在靈幃前翻着跟斗，正如你在時他們常在你的跟前獻技。『你爹呢？』我拉住他們問。『爹死了』，他們嘻嘻的回答，小五摟住了小四，一和身又滾做一堆！他們將來的養育是你身後唯一的問題——說到這里，我不由的想起了你離京前最後幾囘的談話。政治生活，你說你不但嘗夠而且厭煩了。這五十年算是一個結束，明年起你準備謝絕俗緣，親自教課膝前的子女；這一清心你就可以用功你的書法，你自覺你腕下的精力，老來只是健進，你打算再化二十年工夫，打磨你藝術的天才；文章你本來不弱，但你想望的却不是什麽等身的著述，你只求澁一生的心得，淘成三兩篇不易衰朽的純晶。這在你是一種覺悟；

早年在國外初識面時，你每每自負你政治的異稟，即在年前避居津地時你還以爲前途不少有爲的希望，直至最近政態詭變，你才內省厭倦，認眞想回復你書生逸士的生涯。我從最初驚訝你淸奇的相貌，驚訝你更淸奇的談吐，我便不阿附你從政的熱心，曾經有多少次我諷勸你趁早回航，領導這新時期的精神，共同發現文藝的新土。即如前年泰谷爾來時，你那興會正不讓我們年輕人；你還半百翁登台演戲，不辭勞倦的精神正不知給了我們多少的鼓舞！

不，你不是『老人』；你至少是我們後生中間的一個。在你的精神裏，我們看不見蒼蒼的鬢髮，看不見五十年光陰的痕跡；你的依舊是二三十年前「春痕」故事裏的『逸』的風情——『萬種風情無地着』，是你最得意的名句，誰料這下文竟命定是『遼原白雪葬華顚』！

誰說你不是君房的後身？可惜當時不曾記下你搖曳多姿的吐屬，

蓓蕾似的滿綴着警句與諧趣，在此時回憶，只如天海遠處的點點航影，再也認不分明。你常常自稱厭世人。果然，這世界，這人情，那禁得起你銳利的理智的解剖與抉剔？你的鋒鋩，有人說，是你一生最吃虧的所在。但你厭惡的是虛僞，是矯情，是頑老，是鄉愿的面目，那還不是該的？誰有你的豪爽，誰有你的倜儻，誰有你的幽默？你的鋒鋩，即使露，也決不是完全在他人身上應用，你何嘗放過你自已來？對已一如對人，你絲毫不存姑息，不存隱諱。這就夠難能，在這無往不是矯揉的日子。再沒有第二人，除了你，能給我這樣脆爽的清談的愉快。再沒有第二人在我的前輩中，除了你，能使我感受這樣的無「執」無「我」精神。

最可憐是遠在海外的徽徽，她，你曾經對我說，是你唯一的知己；你，她也曾對我說，是她唯一的知己。你們這父女不是尋常的父女。

「做一個有天才的女兒的父親」，你曾說，「不是容易享的福，你得放低你天倫的說分先求做到友誼的了解」。徽，不用說，一生崇拜的就只你，她一生理想的計畫中，那件事離得了聰明不讓她自己的老父？但如今，說也可憐，一切都成了夢幻，隔着這萬里途程，她那弱小的心靈如何載得起這奇重的哀慘！這終天的缺陷，叫她問誰補去？佑着她吧，你不昧的陰靈，宗孟先生，給她健康，給她幸福，尤其給她藝術的靈術——同時提攜她的弟妹，共同增榮雪池雙栝的清名！

十五年，二月，二日，新月社

吊劉叔和

一向我的書桌上是不放相片的。這一月來有了兩張，正對我的坐位，每晚更深時就只他們倆看着我寫，伴着我想；院子裏偶爾聽着一聲清脆，有時是蟲，有時是風捲敗葉，有時，我想像，是我們親愛的故世人從墳墓的那一邊吹過來的消息。伴着我的一個是小，一個是「老」：小的就是我那三月間死在柏林的彼得，老的是我們鍾愛的劉叔和，「老老」。彼得坐在他的小皮椅上，抿緊着他的小口，圓睜着一雙秀眼，仿佛性急要媽拿糖給他吃，多活靈的神情！但在他右肩的空白上分明題着這幾行小字：「我的小彼得，你在時我沒福見你，但你這可愛的遺影應該可以伴我終身了。」老老是新長上幾根看得見的上唇鬚，在他那件常穿的緞褂裏欠身坐着，嚴正在他的眼內，和靄在他的口頜間。

讓我來看。有一天我邀他吃飯，他來電說病了不能來，順便在電話中他說起我的彼得。（在裕褓時的彼得，叔和在柏林也曾見過。）他說我那篇悼兒文做得不壞；有人素來看不起我的筆墨的，他說，這回也相當的贊許了。我此時還分明記得他那天通電時着了寒發沙的嗓音！我當時回他說多謝你們誇獎，但我却覺得悽慘因爲我同時不能忘記那篇文字的代價，是我自己的愛兒。過了幾天適之來說『老老病了，並且他那病相不好，方才我去看他，他說適之我的日子已經是可數的了。』他那時住在皮宗石家裏。我最後見他的一次，他已在醫院裏。他那神色眞是不好，我出來就對人講，他的病中醫叫作濕瘟，並且我分明認得它，他那眼內的鈍光，面上的澀色，一年前我那表兄沈叔薇彌留時我曾經見過——可怕的認識，這侵蝕生命的病徵。可憐少穌的老，這時候病榻前竟沒有溫存的看護；我與他說笑：「至少在病苦中有妻子畢竟強似沒妻子，老老，你不懊喪續絃不及早嗎？」那天我喂了他一餐，他實在是勤撣不得；但我向他道別的時候，我眞爲他那無告的情形不忍。（在客地的單身朋友們，這是一個切題的教訓，快些成家，不要過於挑剔了吧；你放平在病榻上時才知道沒有妻子的悲慘！——到那時，比如叔和，可就太晚了。）

叔和沒了。但爲你，叔和，我却不會掉淚。這年頭也不知怎的，笑自難得，哭也不得容易。你的死當然是我們的悲痛，但轉念這世上慘淡的生活其實是無可沾戀，趁早隱了去，誰說一定不是可羨慕的幸運？况且近年來我已經見慣了死，我再也不覺着它的可怕。可怕是這煩囂的塵世：蛇蝎在我們的脚下，鬼祟在市街上，霹靂在我們的頭頂，噩夢在我們的周遭。在這偉大的迷陣中，最難得的是遺忘；只有在餡短的遺忘時我們才有機會恢復呼吸的自由與心神的愉快。誰說死不就是個悠久的遺忘的境界？誰說墓窟不就是眞解放的進門？

但是隨你怎樣看法，這生死間的隔絕，終究是個無可奈何的事實，死去的不能復活，活着的不能到墳墓的那一邊去探望。到絕海裏去探險我們得合夥，在大漠裏遊行我們得結伴；我們到世上來做人，歸根說，還不只是惴惴的來尋訪幾個可以共患難的朋友，這人生有時比絕海更凶險，比大漠更荒凉，要不是這點子友于的同情我第一個就不敢向前邁步了。叔和眞是我們的一個。他的性情是不可信的溫和：「頂好說話的老老；」但他每當論事，却又絕對的不苟同，他的議論，在他起勁時，就比如山壑間雨後的亂泉，石塊壓不住它，蔓草掩不住它。誰不記得他那永遠帶傷風的嗓音，他那永遠不平衡的肩背，他那怪樣的激昂的神情？通伯在他那篇「劉叔和」裏說起當初在海外老老與傅孟眞的豪辯，有時竟連「吶吶不多言」的他，也「免不了加入他們的戰隊。」這三位衣常敝，履無不穿的「大賢」在倫敦東南隅的陋巷，點煤汽油燈的斗室裏，眞不知有多少次借光柏拉圖與盧騷與斯賓塞的迷力，欺騙他們告空虛的腸胃——至少在這一點他們三位是一致同意的！但通伯却忘了告訴我們他自己每囘加入戰團時的特別情態，我想我應得替他補白。我方才用亂泉比老老，但我應得說他是一竄野火，餤頭是斜着去的；傅孟眞，不用說，更是一竄野火，更猖獗，餤頭是斜着來的；這一去一來就發生了不得開交的衝突。在他們最不得開交時，劈頭下去了一剪冷水，兩竄野火都吃了驚，暫時翳了囘去。那一剪冷水就是通伯；他是出名澆冷水的聖手。

阿，那些過去的日子！枕上的夢痕，秋霧裏的遠山。我此時又想起初度太平洋與大西洋時的情景了。我與叔和同船到美國，那時還不熟；後來同在紐約一年差不多每天會面的，但最不可忘的是我與他同渡大西洋的日子。那時我正迷上尼采，開口就是那一套沾血腥的字句。

我彷彿跟着查拉圖斯脫拉登上了哲理的山峯，高空的清氣在我的肺裏，雜色的人生橫亙在我的眼下。船過必司該海灣的那天，天時驟然起了變化：岩片似的黑雲一層層累疊在船的頭頂，不漏一絲天光，海也盤個翻了，這里一座高山，那邊一個深谷，上騰的浪尖與下垂的雲爪相互的糾拏著；風是從船的側面來的，夾着鐵梗似粗的暴雨，船身左右側的傾攲着。這時候我與叔和在水發的甲板上往來的走——那裏是走，簡直是滾，多強烈的震動！霎時間雷電也來了，鐵青的雲板裏飛舞著萬道金蛇，濤響與雷聲震成了一片喧鬧，大西洋險惡的威嚴在這風暴中盡情的披露了，「人生」，我當時指給叔和說，「有時還不止這凶險，我們有胆量進去嗎？」那天的情景益發激動了我們的談興，從風起直到風定，從下午直到深夜，我分明記得，我們倆在沈酣的論辨中遺忘了一切。

今天國內的狀況不又是一幅大西洋的天變？我們有膽量進去嗎？難得是少數能共患難的旅伴；叔和，你是我們的一個，如何你等不得浪靜就與我們永別了？叔和，說他的體氣，早就是一個弱者；但如其一個不堅強的體殼可以包容一團堅強的精神，叔和就是一個例。叔和生前沒有仇人，他不能有仇人；但他自有他不能容忍的對象：他恨混殺的思想，他恨醃臢的人事。他不輕易鬥爭；但等他認定了對敵出手時，他是最後回頭的一個。叔和，我今天又走上了暴風雨中的甲板，我不能不悼惜我侶伴的空位！

十月十五日

遊俄輯第三

歐遊漫錄

——西伯利亞游記——

一 開 篇

你答應了一件事，你的心裏就打上了一個結；這個結一天不解開，你的事情一天不完結，你就一天不得舒服『，不做中人不做保，一世無煩惱』，就是這個意思。誰教我這回出來，答應了人家通訊？在西伯利亞道上我記得曾經發出過一封，但此後，約莫有個半月了，一字都不曾寄去，債是愈積愈不容易清呢，我每天每晚燃住了心裏的那個結對自己說。同時我知道國內一部分的朋友也一定覺着詫異，他們一定說『你看出門人沒有靠得住的，他臨走的時候答應得多好，說一定隨時有信來報告行蹤，現在兩個月都快滿了，他那裏一個字都不曾寄來！」

但是朋友們，你們得知道我並不是成心叫你們失望的；我至今不寫信的緣故決不完全是懶，雖則懶是到處少不了有他的分。當然更不是爲無話可說；上帝不許！過了這許多逍遙的日子還來抱怨生活平凡。話多的很，豈止有，難處就在積滿了這一肚子的話，從那裏說起才是；這是一層，還有一個難處，在我看來更費躊躇，是這番話應該怎麽說法？假如我是一個甘脆的報館訪事員，他唯一的金科是有聞必錄，那倒好辦，只要把你一雙耳朵每天收拾乾淨，出門不要忘了帶走，輕易不許他打盹，同時一手拿着紀事册，一手拿着「永遠尖」，外來的新聞交給耳朵，耳朵交給手，手交給筆，筆交給紙，這不就完事了不是？可惜我沒有做訪事的天賦；耳朵不夠長，手不夠快，我又太笨，思想來得奇慢的，筆下請得到的有數幾個字也都是有脾氣的，只許你去湊他們的趣，休想他們來湊你的趣；否則我要是有畫家的本事，見着那處風景好，或是這邊人物美，立刻就可以打開本子來自描寫生，那不是心靈裏的最沉細最飄忽的消息，都有法子可以款留蹤蹟，我也不怕沒有現成文章做了。

我想你們肯費工夫來看我通訊的也不至於盼望什麼時局的新聞。莫索列尼的演說，與登堡將軍做總統，法國換內閣等等，自有你們駐歐特約通信員担任，我這本記事册上紙張不夠寬恕不備載了。你們也不必期望什麼出奇的事項，因爲我可以私下告訴你們我這回到歐洲來並不想謀財，也不想害命，也不願意自己的腿子叫汽車壓扁或是犧牲錢包讓剪綹先生得意。不，出奇也是不會得的，本來我自己是一個平淡無奇的遊客，我眼內的歐洲也只是平淡無奇的幾個城子；假如我有話說時也只是在這平淡無奇的經驗的範圍內平淡無奇的幾句話，再沒有別的了。

唯其因爲到處是平淡無奇，我這里下筆寫的時候就格外覺得爲難。假如我有機會看得見牛鬥，一隻穿紅衣的大黃牛和一個穿紅衣的騎士拚命，千萬個看客圍着拍掌叫好的話，我要是寫下一篇『鬥牛記』，那不僅你們看的人合式，我寫的人也容易。偏偏牛鬥我看不着（聽說西班牙都禁絕了）；別說牛鬥，人鬥都難得見着，這世界分明是個和平的世界，你從這國的客棧轉運到那國的客棧見着的無非僕歐們的笑臉與笑臉的「僕歐」們——只要你小錢湊手你準看得見一路不斷的笑臉。這刻板的笑臉當然不會得促動你做文章的靈機。就這意大利人，本來是出名性子暴躁輕易就會相駡的，也分明涵養好多了；你們念過W.D.Howells' Veneian Life的那段兩位江朶蠟船家吵嘴的妙文一定以爲到此地來一定早晚聽得見色彩鮮艷的駡街；但是不，我來了已經有一個多月却還一次都不會見過暴烈的南人的例證。總之這兩月來一切的事情都像是私下說通了不叫我聽到見到或是碰到一些異常的動靜！同時我答應做通訊的責任並不因此豁免或是減輕；我的可恨的良心天天揪着我的肘子說「喂，趕快一點，人家等着你哪！」

尋常的遊記我是不會得寫的，也用不着我寫，這爛熟的歐洲，又不是北冰洋的尖頭或是非洲沙漠的中心，誰要你來饒舌。要我拿日記來公開我有些不願意，叫白天離魂的鬼影到大家跟前來出現似乎有些不妥當——並且老實說近來本子上記下的也不多。當作私人信札寫又如何呢？那也是一個寫法，但你心目中總得懸擬你一個相識的收信人，這又是困難，因是假如你存想你最親密的朋友，他或是她，你就有過於囉哆的危險，同時如其你假定的朋友太生分了，你筆下就有拘束，一樣的不討好。阿。朋友們，你們的失望是定的了。方才我開頭的時候似乎多少總有幾句話說給你們聽但是你們看我筆頭上別紐了好半天，結果還是沒有結果：應得說什麼，我自己不知道，應得怎麽說法，我也是不知道！所以我不得不下流，不得不想法搪塞，筆頭上有什麽來我就往紙上寫，管得選擇，管得體裁，管得體面！

二　自願的充軍

「誰叫你去來，這不是活該？」我聽得見北京的朋友們說。我是個感情的人；老頭病了，想我去，我不得不去，我就去。那時候有許多朋友都反對，他們說「老頭快死了，你趕去送喪不成？趁早取銷吧！至於意大利你那一個年頭去不得，等着有更好的機會再去不好？」如今他們更有話說了：「你看老頭不是開你玩笑？他要你去，自己倒反早跑了。現在你這光棍吊空在歐洲，何苦來，趕快回家吧」！

三　離京

我往常出門總帶着一隻裝文件的皮箱，這裏面有稿本，有日記，有信件，大都多是見不得人面的。這次出門有一點特色，就是行李裏出空了秘密的累贅，甘脆的幾件衣服幾本書，誰來檢查都不怕，也不知怎的生命裏是有那種不可解的轉變，忽然間你改變了評價的標準，原來看重的這時不看重了，原來隱諱的這時也無庸隱諱了，不但皮箱裏口袋裏出一個乾淨，連你的腦子裏五藏裏本來多的是古怪的複壁夾道，現在全理一個清通，像意大利麥古龍尼似的這頭通到那頭。這是一個痛快。做生意的館子逢到節底總結一次帳，進出算個分明，準備下一節重新來過；我們的生命裏也應得隔幾時算一次總帳，賺錢也好，虧本也好，老是沒頭沒腦的窩着堆着總不是道理。好在生意忙的時期也不長，就是中間一段交易複雜些，小孩子時代不會做買賣，老了的時候想做買賣沒有人要，就這約莫二十歲到四十歲的二十年間的確是麻煩的，隨你怎樣眞認記帳總免不了掛漏，還有記錯的隔壁帳，糊塗帳，喫着的坍帳混帳，這時候好經理眞不容易做！我這回離京眞是爽快，眞叫是『一肩行李，兩袖淸風，俺就此去也！』但是不要得意，以前的帳務雖到暫時結清（那還是疑問），你店門還是開着，生意還是做着，照這樣熱鬧的市面，怕要不了一半年，魯駕的帳目又該是一蹋糊塗了！

四　旅伴

西班牙有一箇俗諺，大旨是『一人不是伴，兩人正是伴，三數便成羣，滿四就是亂。』這旅行，尤其是長途的旅行，選伴是一樁極重要的事情。我的理論，我的經驗，都使我無條件的主張獨遊主義——

是說把遊歷本身看做目的。同樣一個地方你獨身來看與結伴來看所得的結果就不同。理想的同伴（比如你的愛妻或是愛友或是愛什麼）當然有，但與其冒險不如意同伴的懊悵不如立定主意獨身走來得妥當。反正近代的旅行其實是太簡單太容易了，尤其是歐洲，啞巴瞎子聾彭儍瓜都不放放胆去旅行，只要你認識字，會得做手勢，口袋裏有錢，你就不會丟。

我這次本來已經約定了同伴，那位先生高明極了，他在西伯利亞打過幾年仗，紅黨白黨（據他自己說）都是他的朋友，會說俄國話，氣力又大，跟他同走一定吃不了虧。可是我心裏明白，天下沒有無條件的便宜，况且軍官大爺不是容易伺候的，回頭他發他現假定的『絕對服從』有漏孔時他就對著還無抵抗的弱者發威，那可不是玩！這樣一想我覺得還是獨身去西伯利亞冒險，比較的不可怖些。說也巧，那位先生在路上發現他的公事還不曾了結至少須延遲一星期動身，我就趁機會告辭，一溜烟先自跑了！

同時在車上我已經結識了兩個旅伴，一位是德國人，做帽子生意的，他的臉子，他的腦袋，他的肚子都一致聲明他決不是別一國人。他可沒有日耳曼人往常的鎮定，在他那一雙閃鑠的小眼睛裏你可以看出他一天害怕與提防危險的時候多，自有主見的時候少。他的鼻子不消說完全是叫啤酒與酒精薰糟了的，皮裡的青筋全都糾盤的拱著活像一隻霽紅碎瓷的鼻煙壺。他常常替他自己發現著急的原因，不是担憂他的護照少了一種簽字，便是害怕俄國人要充公他新做的襯衫。他念過他的叔本華；每次不論講什麼問題他的結句總是『到不錯，叔本華也是這麼說的』！

還有一個更有趣的旅伴在車上結識的是意大利人。他也是在東方做帽子生意的。如其那位德國先生滿腦子裝著香腸啤酒與叔本華的，我見了不由得不起敬，這位臘丁族的朋友我簡直的愛他了。我初次見他，猜他是個大學教授，第二次見他猜他是開礦的，到最後才知道他也是賣帽子給我們的。我與他談得投機極了，他有的是諧趣，書也看得不少，見解也不平常，像這種無意中的旅伴是很難得的，我一途來不覺著寂寞就幸虧有他，我到了還與他通信。你們都見過大學眼藥的廣告不是？那有一點兒像我那朋友。只是他漂亮多了，他那燒鬍是不往下掛的，修得頂整齊，又黑又濃又緊，驟看像是一塊天鵝絨；他的眼最表示他頭腦的敏銳，他的兩頰是鮮楊梅似的紅，益發激起他白的膚色與漆黑的髮。他最愛念的書是Don Quixote Ariosto是他的癖好，丹德當然更是他從小的陪伴。

五　兩個生客

我是從滿洲里買票的。普通車到莫斯科票價共一百二十幾盧布，國際車到赤塔才有，我打算到了赤塔再補票，到赤塔時耿濟之君到車站來接我，一問國際車，票房說要外加一百盧布，同時別人分兩段（即自滿洲里至赤塔，再由赤塔買至莫斯科）買票的只花了一百七十多盧布。我就不懂爲什麼要多花我二三十盧布，一時也說不清，我就上了普通車，那是四個人一間的。但是上車一看情形有些不妥，因爲房間裏已經有波蘭人一家住着，一個禿頂的爸爸，一個搽胭脂的媽媽，一個十三四歲的男孩，一個幾個月的乳孩；我想這可要不得，回頭拉呀哭呀鬧呀叫我這外客怎麼辦，我就立刻搬家，管他要我添多少搬上了華麗舒服的國際車再說。運氣也正好，恰巧還有一間三人住的大屋空着，我就住下了；頂奇怪是等到補票時我滿想挨化寃錢，誰知他只要我四十三元，合算起來倒比別人便宜了十個左右的盧布，這裏面的玄妙我始終不曾想出來。

車上伺候的是一位忠實而且有趣的老先生。他來替我舖床笑着說「呀，你好福氣，一個人佔上這一大間屋子；我想你不應得這樣舒服，車到了前面大站我替你放進兩位老太太陪你，省得你寂寞好不好？」我說多謝多謝，但是老太太應得陪像你自己這樣老頭子的；我是年輕的，所以你應得尋一兩箇一樣年輕的與我作伴才對。

我居然過了三天舒服的日子，第四天看了車上消息說今晚有兩個客人上來，佔我房裏的兩個空位。我就有點慌，跑去問那位老先生這消息眞不眞，他說，「怎麽會得假呢？你趕快想法子歡迎那兩位老太太吧！」（俄國車上男女是不分的）回頭車到了站，天已經晚了，我回房去看時，果然見有幾件行李放着：一隻提箱，兩個舖蓋，一隻裝食物的籐箱。間壁一位德國太太過來看了對我說「你舒服了幾天這回要受罪了，方纔來的兩位樣子頂古怪的，不像是西方人，也不像是東方人，你留心點吧。』正說着話他們來了，一個高的，一個矮的；一個肥的，一個瘦的；一個黑臉，一個青臉——（他們兩位的尊容眞得請教施耐庵先生才對得住他們，我想胖的那位可以借用黑旋風的雅號，瘦的那位得叨光楊志與王英兩位：『矮脚青面獸』）：兩位頭上全是黑松松的亂髮，身上都穿着青遼遼的布衣，衣襟上都針着紅色的列寧像。我是不曾見過殺人的凶手；但如其那兩位朋友告訴我們方才從大牢裏逃出來的，我一定無條件的相信！我們交談了。不成；黑旋風先生很顯出願意談天的樣子，雖則青面獸先生絕對的取緘默態度；黑先生只會三兩句英國話，再來就是俄國話，再來更不知是什麼鳥話。他們是土耳其斯坦來的。『你中國！』他似乎很驚喜的回話。阿孫逸仙……死？你……國民黨？哈哈哈哈，你共產黨？哈哈，你什麼黨？哈哈……到莫斯科？哈哈？

一回見他們上飯車去了，那位老車役進房來舖房，見我一個人坐着發楞他就笑說你新來的朋友好不好？我說算了，勞駕，我還是歡迎你的老太太們！『你看年輕人總是這樣三心兩意的，老的不要，年輕的也不……』喔！枕墊底下可不是放着一對滿裝子彈的白郎林手鎗？他檢了起來往上邊床上一放，慢慢的接着說『年輕的也確太危險了，怪不得你不喜歡，』我平常也自誇多少有些『幽默』的，但那晚與那兩位形跡可疑的生客睡在一房，心裏着實有些放不平，上床時偸偸的把錢包塞在頭枕底下，還是過了半夜才落𥋡，黑旋風先生的鼾聲眞是雷響一般，你說我那晚苦不苦？明早上醒過來我還有些不相信，伸手去摸自己的腦袋，還好，沒有搬家，僥倖僥倖！

六 西伯利亞

一個人到一個不曾去過的地方不免有種種的揣測，有時甚至害怕；我們不很敢到死的境界去旅行也就如此。西伯利亞：這個地名本來就容易使人發生荒凉的聯想，何况現在又變了有色彩的去處，再加謠傳，附會，外國存心誣衊蘇俄的報告，結果在一般人的心目中這條平坦的通道竟變了不可測的畏途。其實這都是沒有根據的。西伯利亞的交通照我這次的經驗看，並不怎樣比旁的地方麻煩，實際上那邊每星期五從赤塔開到莫斯科（每星期三自莫至赤）的特快雖則是七八天的長途車，竟不會就誤時刻，那在中國就是很難得的了，你們從北京到滿洲里，從滿洲里到赤塔，儘可以坐二等車，但從赤塔到俄京那一星期的路程我勸你們不必省這幾十塊錢（不到五十），因爲那國際車真是舒服，聽說戰前連洗澡都有設備的，比普通車位差太遠了，坐長途火車是頂累人不過的，像我自己就有些暈車，所以有可以節省精力的地方還是多破費些錢來得上算，固然坐上了國際車你的同道只是體面的英美德法人；你如其要參預俄國人的生活時不妨去坐普通車，那就熱鬧了，男女不分的，小孩是常有的，車間裏四張床位，除了各人的行李以外，有的是你意想不到的佈置。我說給你們聽聽：洋磁面盆，小木坐橙，小孩坐車，各式藥瓶，洋油鍋子，煎咖啡鐵罐，牛奶瓶，酒瓶，小兒玩具，晾濕衣服繩子，滿地的報紙，亂紙，花生殼，向日葵子殼，痰唾，果子皮，鷄子殼，麵包屑：房間裏的味道也就不消細說，你們自己可以想像，老實說我有點受不住，但是俄國人自會作他們的樂，往往在一團氤氳（當然大家都吸烟）的中間，說笑的自說笑，唱歌的自唱歌，看書的看書，磕睡的磕睡，同時玻璃上的蒸氣全結成了冰屑，車外只是白茫茫的一片，靜悄悄的莫有聲息，偶爾在樹林的邊沿看得見幾處木板造成的小屋，屋頂透露著一縷青灰色的烟痕，報告這荒涼境地裏的人跡。

吃飯一路上都有餐車，但不見佳而且貴，願意省錢的可以到站時下去隨便買些食物充饑，這一每路站上都有一兩間小木屋（要不然就是幾位老太太站在露天提着籃端着瓶子做生意）賣雜物的：麵包牛奶生鷄蛋薰魚蘋果都是平常買得到的（記着我過路的時候是三月，滿地還是冰雪，解凍的時候東西一定更多）。

我動身前有人警告我說『蘇俄的忌諱多的很，你得留神；上次有幾個美國人在餐車裏大聲叫僕歐（應得叫Comrade康姆拉特，意思是朋友同志或夥計）叫他們一脚踢下車去死活不知下落，你這回可小心！那是不是神話我不曾有工夫去考據；但爲叫一聲僕歐就得受死刑（蘇州人說的『路倒屍』）我看來有些不像，實際上出門人莫談政治，倒是眞的，尤其在革命未定的國家，關於蘇俄我下面再講。我們餐車的幾位廣姆賴特都是頂年輕的，其中有一位實在不很講究禮節，他每回來招呼吃飯，就像是上官發命令，斜瞟着一雙眼，使動着一個不耐煩的指頭，舌尖上滾出幾個鐵質的字音，砰的關上你的房門他又到間壁去發命令了！他是中等身材，胸背是頂寬的，穿一身水色的制服，肩上放一塊擦桌白布，走路像疾風似的有勁；但最有意思的是他的腦袋，橢圓的臉盤，扁平的前額上斜撩着一兩鬆短髮，眼睛不大但顯示異常的決斷力，顴骨也長得高，像一個有威權的人；他每回來伺候你的神精簡直要你發抖：他不是來伺候他是來試你的膽量（我想膽子小些的客人見了他眞會哭的！）他手裏的杯盤刀叉就像是半空裏下冰雪一片片直削到你的面前，叫你如何不心寒；他也不知怎的有那麼大氣，綳緊着一張臉我始終不曾見他露過些微的笑容；我也曾故意比着可笑的手勢想博他一個和善些的顧盼，誰知不行，他的臉上籠罩着西伯利一冬的嚴霜，輕易如何消得；眞的，他那肅殺的氣概不僅是爲威嚇外來的過客，因爲他對他的同僚我留神觀察也並沒有更溫和的嘴臉；頂叫人不舒服的是他那口角邊總是緊緊的咬着一枝半焦的俄國紙烟，端棻時也在那裏，說話時也在那裏，彷彿他一腔的憤慨只有永遠嚼緊着牙關方可以強勉的耐着！後來看慣了倒也不覺得什麼，我可是替他題上一個確切不過的徽號，叫他做「飯車裏的拿破崙」，我那意大利朋友十二分的稱讚我，因爲他那體魄，他那神氣，他的簡決，尤其是他前額上斜着的幾根小髮，有時他悻悻的獨自在餐車那一頭站着，緊攢着眉頭，一隻手貼着前胸，誰說這不是拿翁再世的相兒？

七　西伯利亞

西伯利亞只是人少，並不荒凉。天然的景色亦自有特色，並不單調；貝加爾湖周圍最美，烏拉爾一帶連縣的森林亦不可忘。天氣晴爽時空氣覺像是透明的，亮極了，再加地面上雪光的反映，眞叫你耀眼。你們住慣城裏的難得有機會飽嘗清潔的空氣；下回你們要是路過西伯利亞或是同樣地方，千萬不要躲懶，逢站停車時，不論天氣怎樣冷，總得下去散步，借冰清尖銳的氣流洗淨你惡濁的肺胃；那眞是一個快樂，不僅你的鼻孔，就是你面上與頸根上露在外面的毛孔，都受着最甜美的洗禮，給你倦懶的性靈一劑絕烈的刺戟，給你鬆散的筋肉一個有力的約束，激盪你的志氣，加添你的生命。

再有你們過西伯利亞時記着「不要忙喫晚飯，犧牲最柔媚的晚景。雪地上的陽光有時幻成最嬌嫩的彩色，尤其是夕陽西漸時，最普通是銀紅，有時鵝黃稍帶綠暈。四年前我遊小瑞士時初次發現雪地裏光彩的變幻，這回過西伯利亞看得更滿意；你們試想像晚風靜定時在一片雪白平原上，疏玲玲的大樹間，斜刺裏平添出幾大條鮮艷的彩帶，是幻是眞，是眞是幻，那妙趣到你身親經歷時從容的辨認吧。

但我此時却不來複寫我當時的印象，那太喫苦了，你們知道這個緊了你的記憶召回早已消散了的景色，再得應用想像的光輝照出他們顏色的深淺，是一件極傷身的工作，比發寒熱時出汗還凶。並且這來碰記着不清的地方你就得憑空造，那你們又不願意了不是？好，我想出了一個簡便的辦法；我這本記事册的前面有幾頁當時隨與塗下的雜記。我就借用不是省事，就可惜我做事情總沒有常性，什麼都只是片斷，那幾段瑣記又是在車上用鉛筆寫的英文，十個字裏至少有五個字不認識，現在要來對號，眞不易！我來試試。

（1）西伯利亞並不壞，天是藍的，日光是鮮明的，暖和的，地上薄薄的鋪着白雪，矮樹，叢草，白皮松，到處看得見。稀稀的住人的木房子。

（2）方才過一站，下去走了一走，頂暖和。一個十歲左右賣牛奶的小姑娘手裏拿瓶子賣鮮牛奶給我們。她有一隻小圓臉，一雙聰明的藍眼，白凈的皮膚，清秀有表情的面目，她脚上的套鞋像是一對張着大口的黃魚，她的褂子也是古怪的樣子，我的朋友給她一個半盧布的銀幣。她的小眼睛滚上幾滚，接了過去仔細的查看，她開口問了。她要知道這錢是不是眞的通用的銀幣；『好的，好的，自然好的！』旁邊站着看的人（俄國車站上多的是閑人）一齊喊了。她露出一點子的笑容，把錢放進了口袋，一瓶牛奶交給客人，黏着小眼對我們望望，轉身快快的跑了去。

（3）入境愈深，當地人民的苦況益發的明顯。今天我在赤塔站上留心的看。襤褸的小孩子，從三四歲到五六歲，在站上問客人討錢，並且也不是客氣的討法，似乎他們的手伸了出來決不肯空了回去的。不但在月台上，連站上的飯館裏都有，無數成年的男女，也不知做什麼來的，全靠着我們喫飯處的木欄，斜着他們呆頓的不移動的注視看着你蒸氣的熱湯或是你肘子邊長條的麵包。他們的樣子並不惡，也不凶，可是晦塞而且陰沉，看着他們的面貌你不由得不疑問這裏的人民知不知道什麼是自然的喜悅的笑容。笑他們當然是會得的；尤其是狂笑當他們受足了vodka的影響，但那時的笑是不自然的，表示他們的變態，不是上帝給我們的喜悅。這西伯利亞的土人．與其說是受一個有自制力的腦府支配的人的身體，不如說是一捆捆的原始的人道，裝在破爛的黑色或深黃色的布褂與奇大的氈鞋裏，他們行動，他們工作，無非是受他們內在的餓的力量所驅使，再沒有別的可說了。

（4）在Irkutsk車停一時許，他們全下去走路，天早已黑了，站內的光亮只是幾隻貼壁的油燈，我們本想出站，却反經過一條夾道走進了那普通待車室，在昏迷的燈光下辨認出一屋子黑越越的人羣，那景象我再也忘不了，尤其是那氣味！悲憫心禁止我盡情的描寫；丹德假如到此地來過他的地獄裏一定另添一番色彩！

對面街上有一山東人開着一家小烟舖，他說他來了二十年，積下的錢還不夠他囘家。

（5）俄國人的生活我還是懂不得。店舖子窗戶裏放着的各式物品是容易認識的，但管舖子做生意的那個人，頭上戴着厚氈帽，臉上滿長着黃色的細毛，是一個不可捉摸的生靈；拉車的馬甚至那奇形的雪撬是可以領會的，但那趕車的緊裹在他那異樣的袍服裏，一雙戴皮套的手揚着一根古舊的皮鞭，是一個不可思議的現象。

我怎樣來形容西伯利亞天然的美景？氣氛是晶澈的，天氣澄爽時的天藍是我們在灰沙裏過日子的所不能想像的異景。森林是這里的特色：連綿，深厚，嚴肅，有宗教的意味。西伯利亞的林木都是直幹的；不問是松，是白楊是青松或是灌木類的矮樹叢，每株樹的尖頂總是正對著天心。白楊林最多，像是帶旗幟的軍隊，各式的軍徽弈弈的閃亮着；兵士們屏息的排列着，彷彿等候什麼嚴重的命令。松樹林也多茂盛的：幹子不大，也不高，像是稚松，但長得極勻淨，像是園丁早晚修飾的盆景。不錯；這些樹的崛強的不曲性是西伯利亞，或許是俄羅斯，最明顯的特性。

——我窗外的景色極美；夕陽正從西北方斜照過來，天空，嫩藍色的，是輕敷着一層纖薄的雲氣，平望去都是齊整的樹林，嚴青的松，白亮的楊，淺棕的筆豎的青松——在這雪白的平原上形成一幅色彩融和的靜景。樹林的頂尖尤其是美，他們在這肅靜的晚景中正像是無數寺院的尖閣，排列着，對高高的藍天默禱。在這無邊的雪地裏有時也看得見住人的小屋，普通是木板造屋頂舖瓦頗像中國房子，但也有黃或紅色磚砌的。人跡是難得看見的；這全部風景的情調是靜極了，緘默極了，倒像是一切動性的事物在這裏是不應得有位置的；你有時也看得見運頓的牲口在雪地的走道上慢慢的動着，但這也不像是有生活的記認。……

七 莫斯科

阿莫斯科！曾經多少變亂的大城！羅馬是一個破爛的舊夢：愛尋夢的你去；紐約是Mammon的宮闕，拜金錢的你去；巴黎是一個肉艷的大坑：愛荒淫的你去；倫敦是一個煤烟的市場，慕文明的你去。但莫斯科？這裏沒有光榮的古蹟，有的是血污的近蹟，這裏沒有繁華的幻景，有的是斑駁的寺院；這裏沒有和暖的陽光，有的是泥濘的市街；這裏沒有人道的喜色，有的是偉大的恐怖與黑暗，慘酷，虛無的暗示。闇森森的雀山，你站着，半凍的莫斯科河，你流著：在前途二十個世紀的漫游中，莫斯科，是領路的南鍼，在未來文明變化的經程中莫斯科是時代的象徵，古羅馬的牌坊是在殘闕的簡頁中，是在破碎的亂石間；未來莫斯科的牌坊是在文明的骸骨間，是在人類鮮艷的血肉間。莫斯科，集中你那偉大的破壞的天才，一手拿着火種，一手拿着殺人的刀，趁早完成你的工作，好叫千百年後奴性的人類的子孫，多多的來，不斷的來，像他們現在去羅馬一樣，到這闇森森的雀山的邊沿，朝拜你的牌坊，紀念你的勞工，謳歌你的不朽！

這是我第一天到莫斯科在 Kremlin 周圍散步時心頭湧起雜感的一斑。那天車到時是早上六時，上一天路過的森林，大概在 Vladimir 一帶，多半是叫幾年來戰爭摧殘了的，幾百年的古松只存下燒毀或剔殘的餘骸縱橫在雪地裏，這底下更不知掩蓋着多少殘毀的人體，凍結着多少鮮紅的熱血。溝塹也有可辨認的，雖則不甚分明，多謝這年年的白雪，他來塡平地上的邱壑，掩護人類的暴跡，省得傷感派的詞客多費推敲，但這點子戰場的痕跡，引起過路人驚心的標記，在將到莫斯科以前的確是一個切題的引子。你一路來穿度這西伯利亞白茫茫人跡希有的廣漠，偶爾在這裏那裏看到俄國人的生活，艱難，緘默，忍耐的生活；你也看了這邊地勢的特性，貝加爾湖邊雄踞的山嶺，烏拉爾東西博大的嚴肅的森林，你也嘗着了這裏空氣異常的凜冽與尖銳，像鋼絲似的直透你的氣管，逼迫你的淸醒——你的思想應得已經受一番有力的洗刷，你的神經一種新奇的戟刺，你從貴國帶來的靈性，叫怠惰，苟且，頑固，齷齪，與種種墮落的習慣束縛，壓迫，淤塞住的，應得感受一些解放的動力，你的讓名心，利慾，色業翳蒙了的眸子也應得覺着一點新來的清爽，叫他們睜開一些，張大一些，前途有得看，應得看的東西多著，即使不是你靈魂絕對的營養，至少是一帖與奮劑，防磕睡的強烈性注射！

因此警醒！你的心；開張！你的眼；——你到了俄國，你到了莫斯科，這巴爾的克海以東，白令峽以西，北冰洋以南，尼也帕河以北千萬里雰蓋的地圈內一座著火的血紅的大城！

在這大火中最先燒爛的是原來的俄國，專制的，貴族的，奢侈的，淫靡的，Ancien Regime 全沒了，曳長裙的貴婦人，鑲金的馬車，獻鼻烟壺的朝貴，獵裝的世家子弟全沒了，托爾斯泰與路及尼夫小說中的社會全沒了——他們並不曾絕跡，在巴黎，在波蘭，在紐約，在羅馬你倘然會見什麼伯爵夫人什麼vsky或是子爵夫人什麼owner，那就是叫大火燒跑的難民。他們，提起俄國就不願意。他們會得告訴你現在的俄國不是他們的國了，那是叫魔鬼佔據了去的（因此安琪兒們只得逃難！）俄國的文化是蕩盡的了，現在就靠流在外國的一羣人，詩人，美術家等等，勉力來代表斯拉夫的精神。如其他們與你講得投機時，他們就會對你悲慘的歷訴他們曾經怎樣的受苦，怎樣的逃難，他們本來那所大理石的莊子現在怎樣了，他們有一個妙齡的姪女在亂時叫他們怎樣了……但他們盼望日子已經很近，那班強盜倒運，因為上帝是有公道的雖則……………

你來莫斯科當然不是來看俄國的舊文化來的；但這裏卻也不定有「新文化」，那是貴國的專利；這里來見的是什麼你聽着我講。

你先抬頭望天。青天是看不見的，空中只是迷濛的半凍的雲氣，這天（我見的）的確是一個愁容的，服喪的天；陽光也偶爾有，但也只在雲罅裏力乏的露面，不久又不見了，像是樓居的病人偶爾在窗紗間看看街似的。

現在低頭看地。這三月的莫斯科街道應當受咒詛。在大寒天滿地全舖着雪凝成一層白色的地皮也是一個道理；到了春天解放時雪全化了水流入河去，露出本來的地面，也是一個說法；但這時候的天時可眞是刁難了，他不給你全凍，也不給你全化；白天一暖，浮面的冰雪化成了泥濘，回頭風一轉向又凍上了，同時雨雪還是連連的下，結果這街道簡直是沒法收拾，他們也就不收拾，讓他還「一蹋糊塗」的窩着，反正總有一天會乾淨的！（所以你要這時候到俄國千萬別忘帶橡皮套鞋）。

再來看街上的舖子，舖子是伺候主客的；瑞蚨祥的主顧全沒了的話，瑞蚨祥也只好上門；這里漂亮的奢侈的店舖是看不見的了，頂多價點關的舖子是喫食店，這大概是政府經理的；但可怕的是這邊的市價：女太太的絲襪子聽說也買得到，但得化十五二十塊錢一雙，好些的鞋在四十元左右，橘子大的七毛五小的五毛一隻；我們四個人在客棧喫一頓早飯連稅共付了二十元；此外類推。

再來看街上的人。先看他們的衣著，再看他們的面目。這里衣著的文化，自從貴族匿跡，波淇窪(Bougeois)銷聲以後，當然是『蕩盡』的了；男子的身上差不多不易見一件白色的襯衫，不必說鮮艷的領結（不帶領結的多），衣服要尋一身免強整潔的就少；我碰着一位大學教授，他的襯衣大概就是他的寢衣，他的外套，像是一個癩毛黑狗皮就，大概就是他的被窩，頭髮是一團茅草再也看不出曾經爬梳過的痕跡，滿面滿腮的鬚毛也當然自由的滋長，我們不期望他有安全剃刀；並且這位先生決不是名流派的例外，我猜想現在在莫斯科會得到的『琴篤兒們」多少也就只這樣的體面；你要知道了他們起居生活的情形就不會覺得詫異。惠爾思先生在四五年前形容莫斯科科學館的一羣科學先生們說是活像監牢裏的犯人或是地獄裏的餓鬼。我想他的比況一點也不過分。鄉下人我沒有看見，那是我想不會怎樣離奇的，西伯利亞的鄉下人，着黃鬍子穿大頭靴子的，與俄國本土的鄉下人應得沒有多大分別。工人滿街多的是，他們在衣着上並沒有出奇的地方，只是襟上戴列甯徽章的多。小學生的游行團常看得見，在爛汚的街心裏一羣乞丐似的黑衣小孩拿着紅旗，打着皮鼓瑟東東的過去。做小買賣在街上擺攤提籃的不少，很多是殘廢的男子與老婦人，賣的是水果，煙捲，麵包，朱古律糖（喫不得）等（路旁木停子裏賣書報處也有小喫賣）。

街上見的娘們分兩種。一種是好百姓家的太太小姐，她們穿得大都很勉強，絲襪不消說是看不見的。還有一種是共產黨的女同志，她們不同的地方除了神態舉止以外是她們頭上的紅巾或是紅帽不是巴黎的時式（紅帽），在雪泥斑駁的街道上倒是一點喜色！

什麼都是相對的：那年我與陳博生從英國到佛朗德福那天正是星期，道上不問男女老小都是衣服舖裁縫店裏的模型，這一比他與我這風塵滿身的旅客眞像是外國叫化子了！這回在莫斯科我又覺得窘，可不爲穿的太壞，却爲穿的太闊；試想在那樣的市街上，在那樣的人叢中，晦氣是本色，襤褸是應分，忽然來了一個頭戴獺皮大帽身穿海龍領（假的）的皮大氅的外客；可不是唱戲似的走了板，錯太遠了，別說我，就是我們中國學生在莫斯科的（當然除了東方大學生）也常常叫同學們貶眼說他們是『波淇窪』因爲他們身上穿的是榮昌祥或是新記的藍嗶嘰！這樣看來，改造社會是有希望的；什麼習慣都打得破，什麼標準都可以翻身。什麼思想都可以顚倒，什麼束縛都可以擺脫，什麼衣服都可以反穿……將來我們這兩脚行動厭倦了時竟不妨翻新樣叫兩隻手幫著來走，誰要再站起來就是笑話，那多好玩！

雖則嚴斂，陰霾，凝滯是寒帶上難免的氣象，但莫斯科人的神情更是分明的憂鬱，慘淡，見面時不露笑容，談話時少有精神，彷彿他們的心上都壓著一個重量似的。

這自然流露的笑容是最不可勉強的。西方人常說中國人愛笑，比他們會笑得多，實際上怎樣我不敢說，但西方人見著中國人的笑我怕不免有好多是急笑，傻笑，無謂的笑，代表一切答話的笑；猶之俄國人的笑多半是Vodka八神經的笑，熱病的笑，瘋笑，道施妥奄夫斯基的Idiot的笑！那都不是真的喜笑，健康與快樂的表情。其實也不必莫斯科，現世界的犬都會，有那幾處人們的表情是自然的？Dublin（愛爾蘭的都城），聽說是快樂的，維也納聽說是活潑的，但我曾經到過的只有巴黎的確可算是人間的天堂，那邊的笑臉像三月裏的花似的不倦的開著，此外就難說了；紐約，支加哥，柏林，倫敦的羣衆與空氣多少叫你旁觀人不得舒服，往往使你疑心錯入了什麼精神病院或是「偏心」病院，叫你害怕，巴不得趁早告別，省得傳染。

現在莫斯科有一個希奇的現象，我想你們去過的一定注意到，就是男子抱着喫奶的小孩在街上走道，這在西歐是永遠看不見的。這是蘇維埃以來的情形。現在的法律規定一個人不得多占一間以上的屋子，聽差，老媽子，下女，奶媽，不消說，當然是沒有的了，因此年輕的夫婦，或是一同居住的男女，對於生育就得格外的謹慎，因爲萬一不小心下了種的時候，在小孩能進幼稚園以前這小寶貝的負担當然完全在父母的身上。你們姑且想想你們現在北京的，至少總有幾間屋子住，至少總有一個老媽子伺候，你們還時常嫌着這樣那樣不稱心哪！但假如有一天莫斯科的規矩行到了我們北京，那時你就得乖乖的放棄你的宅子，聽憑政府分配去住東花廳或是西花廳的那一間屋子，你同你的太太就得帮做人家，桌子得自己擦，地得自己掃，飯得自己燒，衣服得自己洗，有了小東西就得自己管，有時下午你們夫妻倆想一同出去散步的話，你總不好意思把小寶貝鎖在屋子裏，結果你得帶走，你又沒錢去買推車，你又不好意思叫你太太受累（那時候你與你的太太感情會好些的，我敢預言！）結果只有老爺自己抱，但這男人抱小孩其實是看不慣，他又往往不會抱，一個「蠟燭封」在他的手裏，他不知道直着拿好還是橫着拿好；但你到了莫斯科不看慣也得看慣，到那一天臨着你自己的時候老爺你抱不慣也得抱他慣！我想果真有那一天的時候，生小孩決不會像現在的時行，竟許山格夫人與馬利司徒博士等等比現在還得加倍的時行；但照莫斯科情形看來，未來的小安琪兒們還用不着過分的着急——也許莫斯科的父母沒有餘錢去買「法國橡皮」，也許蘇維埃政府不許父母們隨便用橡皮，我沒有打聽淸楚。

你有工夫時到你的俄國朋友的住處去着看。我去了。他是一位教授。我打門進去的時候他躺在他的類似「行軍床」上看書或是編講義，他見有客人連忙跳了起來，他只穿着一件毛絨衫，肘子胸部都快爛了，滿頭的亂髮，一臉斑駁的鬍髭。他的房間像一條絲瓜。長方的，傢具有一隻小木桌，一張椅子，牆壁上幾個掛衣的鈎子，他自己的床是頂着窗的，斜對面靠一張床，那是他哥哥或是弟弟的，牆壁上掛着些東方的地圖，一聯倒挂的五言小字條（他到過中國知道中文的），桌上亂散着幾本書，紙片，棋盤，筆墨等等，牆角裏有一隻酒精鍋，在那裏出氣，大約是他的飯菜，有一隻還不知兩隻椅子，但你在屋子裏轉身想不碰東西不擡人已經是不易了。

這是他們有職業的現時的生活。托爾斯泰的大小姐究竟受優待些，我去拜會她了，是使館裏一位層太太介紹的，她居然有兩間屋子，外間大些，是她教學生臨畫的，裏間大約是她自己的屋子，但她不但有書有畫，她還有一隻頂趣的小狗，一隻頂可愛的小貓，她的情形，他們告訴我，是特別的，因爲她現在還管着托爾斯泰的紀念館，我與她談了。當然談起她的父親（她今年六十），下面再提，現在是講莫斯科人的生活。

我是禮拜六淸早到莫斯科，禮拜一晚上才去的，本想利用那三天工夫好好的看一看本地風光，尤其是戲。我在車上安排得好好的，上午看這樣，下午到那裏，晚上再到那裏，那曉得我的運氣叫壞，碰巧他們中央執行委員那又死了一個要人，他的名字像是眞什麼「媽裏媽虎」——他死得我其實不見情，因爲爲他出殯盤個莫斯科就得關門當拳子，滿街上邋裹，家家掛半旗，跳舞場不跳舞，戲館不演戲，什麼都沒了，星期一又是他們的假日，所以我住了三天差不多什麼都沒看着，眞氣，那位『媽裏媽虎』其實何妨遲幾天或是早幾天歸天，我的感激是沒有問題的。

所以如其你們看了這篇雜湊失望，不要完全怪我，媽裏媽虎先生至少也得負一半的責。但我也還記得起幾件事情，不妨乘與講給你們聽。

我眞笨，沒有到以前，我竟以爲莫斯科是一個完全新起的城子，我以爲亞力山大燒拿破崙那一把火竟化上了整個莫斯科的大本錢，連Kremlin（皇城）都烏焦了的，你們都知道拿破崙想到莫斯科去喫冰其林那一段熱鬧的故事，俄國人知道他會打，他們就躱着不給他打，一直誘着他深入俄境，最後給他一個空城，回頭等他在 Kremlin 躺下了休息的時候，就給他放火，東邊一把，西邊一把，鬧着玩，不但不請冰其林喫，連他帶去的巴黎餅干，人喫的，馬喫的，都給燒一個精光，一面天公也給他作對，北風一層層的吹來，雪花一片片的飛來，拿翁知道不妙，連忙下令退兵已經太遲，逃到了 Beresina 那地方，叫哥薩克的丈八蛇矛『切殺橫來』，幾十萬的長勝軍叫他們切菜似的留不到幾個，就只渾身爛污泥的法蘭西大皇帝忙裏撈着一匹馬衝出了戰場逃回家去半夜裏叫門，可憐 Beresina 河兩岸的寃鬼到如今還在那裏欷歔，這盤糊塗帳是無從算起的了！

但我在這裏重提這些舊話，並不是怕你們忘記了拿破崙，我只是提頭你們俄國人的辣手，忍心破壞的天才原是他們的種性，所以拿破崙聽見 Kremlin 冒烟的時候，連這殘忍的魔王都跳了起來——『什麼？』他說，『連他們祖宗的家院都不管了！』正是：斯拉夫民族是從不希罕小勝仗的，要來就給你一個全軍覆沒。

莫斯科當年並不曾全毀；不但皇城還是在著，四百年前的教堂都還在着。新房子雖則不少，但這城子是舊的。我此刻想起莫斯科，我的想像幻出了一個年老退伍的軍人，戰陣的暴烈已經在他年紀裏消隱，但暴烈的遺跡却還明明的在着，他頰上的刃創，他頸邊的鎗瘢，他的空虛的注視，他的倔強的髭鬚，都指示他曾經的生活；他的衣服也是不整齊的，但這衣着的破碎也彷彿是他人格的一部，石上的蒼苔似的，斑駁的顏色已經染蝕了岩塊本體。在這蒼老的莫斯科城內，竟不易看出新生命的消息——也許就只那新起的白宮，屋頂上飄揚著鮮艷的紅旗，在赭黃，蒼老的 Kremlin 城圍裏閃亮着的，會得引起你注意與疑問，疑問這新來的色彩竟然大膽的侵占了古蹟的中心，擾亂原來的調諧。這決不是偶然，旅行人！快些擦淨你風塵眯倦了一雙眼，仔細的來看看，竟許那看來平靜的舊城子底下，全是炸裂性的火種，留神！回頭地兒都爛成虀粉，慢說地面上的文明！

其實眞到炸的時候，誰也躲不了，除非你趁早帶了寶眷逃火星上面去——但火星本身炸不炸也還是問題。這幾分鐘內大概藥線還不至於到根，我們也來趕早，不是逃，趕早來多看看還看不厭的地面。那天早上我一個人在那大教寺的平台上初次瞭望莫斯科，腳下全是滑溜的凍雪，眞不易走道，我閃了一兩次，但是上帝受讚美，那莫斯科河兩岸的景色眞是我不期望的眼福，要不是那石台上要命的滑，我早已驚喜得高跳起來！方向我是素來不知道的，我只猜想莫斯科河是東西流的，但那早上又沒有太陽，所以我連東西都辨不清，我很可惜不曾上雀山去，學拿破崙當年，回頭望凍雲籠罩着的莫斯科，一定別有一番氣概，但我那天看着的也就不壞，留着雀山下一次再去，也許還來得及。在北京的朋友們，你們也趁早多去景山或是北海飽看看我們獨有的「黃瓦連雲」的禁城，那也是一個大觀，在現在脆性的世界上，今日不知明日事，「趁早」這句話眞有道理，回頭北京變了第二個圓明園，你們軟心腸的再到交民巷去訪着色相片，老綢着眉頭說不成，那不是活該！

如其北京的體面完全是靠皇帝，莫斯科的體面大半是靠上帝。你們見過希臘教的建築沒有？在中國恐怕就只哈爾濱有。那建築的特色是中間一個大葫蘆頂，有着色的，藍的多，但大多數是金色，四角上又是四個小葫蘆頂，大小的比稱很不一致，有的小得不成樣，有的與中間那個不差什麼。有的花飾繁複，受東羅馬建築的影響，但也有純白石造的，上面一個鉅大的金頂，比如那大教堂，別有一種樸素的宏嚴。但最奇巧的是皇城外面那個有名的老教堂，大約是十六世紀完功的；那樣子奇極了，你看了永遠忘不了，像是做了最古怪的夢；基子並不大，那是俄國皇家做禮拜的地方，所以那面供奉與祈禱的位置也是逼仄的；頂一共有十個，排列的程序我不曾看清楚，各個的式樣與着色都不同：有的像我們南邊的十楞瓜，有的像岳傳裏嚴成方手裏拿的銅錘，有的活像一隻波羅蜜，豎在那裏，有的像一圈火蛇，一個光頭探在上面，有的像隋唐傳裏單二哥的兵器，叫什麼棗方槊是不是？總之那一堆光怪的顏色，那一堆離奇的式樣，我不但從沒有見過，簡直連夢裏都不會見過——誰想得到波羅蜜，棗方槊都會跑到禮拜堂頂上去的！

莫斯科像一個蜂窩，大小的教堂是他的蜂房；全城共有六百多（有說八百）的教堂，說來你也不信，紐約城裏一個街角上至少有一家冰其林沙達店，莫斯科的冰其林沙達店是教堂，有的真神氣，戴着真金的頂子在半空裏賣弄，有的真寒傖，一兩間小屋子，一個爛芋頭似的尖頂，擠在兩間壁幾層屋子的中間，氣都喘不過來。據說革命以來，俄國的宗教大喫虧，這幾年不但新的沒法造，舊的都沒法修，那波羅奢做頂那教堂裏的教士，隱約的講些給我們聽，神情怪悽慘的。這情形中國人看來眞想不通，宗教會得那樣有銷路，彷彿禱告比喫飯還起做禮拜比做麵包還重要；到我們紹興去看看——「五家三酒店，十步勁，九茅坑」，廟也有的，在市稍頭，在山頂上，到初一月半再去不遲——那是何等的近人情，生活何等的有分稱；東西的人生觀這一比可差得太遠了！

再囘到那天早上，初次觀光莫斯科。不曾開凍的莫斯科河上面蓋著雪一條玉帶似的橫在我的脚下，河面上有不少的烏鴉在那裏尋食喫。莫斯科的烏鴉背上是灰色的，嘴與頭頸也不像平常的那樣貧相，我先看覺當是班鳩！；皇城在我的左邊，默沉沉的包圍着不少雄偉的工程，角上塔形的瞭台上隱隱有重裏的衞兵巡哨的影子，塔不高，但有一種淩覤的威嚴，顏色更是蒼老，像是深赭色的火磚，他彷彿告訴你：「我們是不怕光陰，更不怕人事變遷的，拿破崙早去了，羅曼諾夫家完了，可崙斯基跑了，列寧死了，時間的流波裏多添一層血影，我的牆上加深一層老蒼，我是不怕老的，你們人類抵拚再流幾次熱血？」我的右手就是那大金頂的教寺；隔河望去竟像是一只盛開的荷花池，葫蘆頂是蓮花，高梗的，低梗的，濃艷的，澹素的，軒昂的。葳蕤的——就可惜陽光不肯出來，否則那滿池的金蓮更加亮重光輝，多放一重異彩，恐怕西王母見了都會羨慕哩！

五月二十六斐倫翠山中

六　托爾斯泰

我在京的時候；記得有一天；爲東方雜誌上一條新聞；和朋友們起勁的談了半天，那新聞是列寧死後，他的太太到法庭上去起訴，被告是骨頭早腐了的托爾斯泰，說他的書，是代表波淇寍的人生觀，與蘇維埃的精神不相容的，列寧臨死的時候，叮囑他太太一定得想法取締他，否則蘇維埃有危險。法庭的判決是列寧太太的勝訴，宣告托爾斯泰的書一起毀版，現在的書全化成灰，從這灰再紙造，改印列寧的書，我們那時候大家說這消息太離奇了，也許又是美國人存心誣毀蘇俄的一種宣傳，但同時杜洛茨基爲做了『十月革命』那書上法庭，被軟禁的消息又到了，又似乎不是假的，這樣看來蘇俄政府，什麼事情都做得出，托爾斯泰那話竟許也有影子的，我們畢竟還有些「波淇窪」頭腦，對於詩人文學家的迷信，總還脫不了，還有什麼言論自由，行動自由，出版自由，那一套古董，也許免不了迷戀，否則爲甚麼單單托爾斯泰毀版的消息叫我們不安呢？我還記得那天陳通伯說笑話，他說這來你們新文學家應得格外當心了。要不然不但沒飯吃，竟許有坐牢監的希望，在坐的人，大約只有郁達夫可以放心些，他数人家做賊，那總可以免掉波淇窪的嫌疑了！

所以我一到莫斯科，見人就要聽托爾斯泰的消息，後來我會着了老先生的大小姐，六十歲的一位太太，頂和氣的，英國話德國話都說得好，下回你們過莫斯科也可以去看看她，我們使館李代表太太認識她，如其她還在，你們可以找她去介紹。

托爾斯泰大小姐的顴骨，最使我想起他的老太爺，此外有甚麼相似的地方，我不敢說。我當然問起那新聞，但她好像並沒有直接答復。

我，她只說現代書舖子裏他的書差不多買不着了，不但托爾斯泰，就是屠格涅夫，道施妥奄夫斯基等一班作者的書都快滅跡了；我問她現在莫斯科還有甚麼重要的文學家，她說全跑了，賸下的全是不相干的，我問她這幾年他們一定經嘗了苦難的生活，她含着眼淚說可不是，接着就講她們姊妹，在革命期內過的日子，天天與餓死鬼做近鄰，不知有多少時候晚上沒有燈火點，但是她說倒是在最窘的時候，我們心地最是平安，離着死太近了也就不怕，我們往往在黑夜裏在屋內或在門外圍坐着，輪流念書唱歌，有時和着一起唱，唱起了勁，什麼苦惱都忘了；我問她現在的情形怎樣，她說現在好了，你看我不是還有兩間屋子，這許多學畫的學生，餓死總不至於，除非那恐怖的日子再回來，那是不能想的了，我下星期就得到法國去，那邊請我去講演，我感謝政府已經給我出境的護照，你知道那是很不易得到的。她又講起他的父親的晚年，怎樣老夫妻們吵鬧，她那時年輕也懂不得，後來托爾斯泰單身跑了出去，死在外面，他的床還在另一處記念館裏陳列着，到死不見家人的面！。

她的外間講台上坐着一個祖半身的男子，黑鬍髭，大眼睛，有些像喬塞夫康賴特，她的學生們都在用心的臨着畫；一隻白玉似純淨的小貓在一張桌上跳着玩，我們臨走的時候，他的姑娘進來了，還只十八九歲模樣，極活潑的，可是在小姑娘臉上，托爾斯泰的影子都沒了。

方才聽說道施妥奄夫斯基的女兒快餓死了。現在德國或是波蘭，有人替他在報上告急；這樣看來，托爾斯泰家的姑娘們，運氣還算是好的了。

七 猶太人的怖夢

我聽說俄國革命以來，就只戲劇還像樣，尤其是莫斯科美術戲院（Mo oow Art Theatne）一羣年輕人的成績最使我渴望一見，披壘舞（Ballet dance）也還有，雖則有名的全往巴黎紐約跑了。我在西伯利亞就看報，見那星期有青鳥，漢姆雷德，與一個想不到的戲，G. K. Chesterton 的『The man who was Thursday』我好不高興，心想那三天晚上可以不寂寞了。誰知道一到莫斯科剛巧送媽裏媽虎先生的喪，什麽都看不着，就只禮拜六那晚上一個猶太戲院居然有戲，我們請了一位會說俄國話做領路，趕快跳上馬車聽戲去。本來莫斯科有一個年代很久的有名猶太戲院，但我們那晚去了是另外一個，大約是新起的。我們一到門口，票房裏沒有人，一問說今晚不售門票，全院讓共產黨俱樂部包了去請客，差一點門都進不去，幸虧領路那位先生會說話，進去找着了主人，說上幾句好話，居然成了，爲我們特添了椅座，一個大都不曾化，猶太人會得那樣破格的慷慨是不容易的，大約是受莫斯科感化的結果吧。

那晚的情景是不容易忘記的。那戲院是狹長的，戲台的正背面有一個樓廂，不賣座的，幔着白幕，背後有樂隊作樂，隨時幕上有影子出現，說話或是唱曲，與台上的戲角對答。劇本是現代的猶太文，聽來與德國話差不遠。我們入座的時候，還不曾開戲，幕前站着一位先生，正在那裏大聲演說。再要可怖的面目是不容易尋到的。那位先生的眼眶看來像是兩個無底的深潭，上面凸着青筋，的前額，像是快翻下去的陡壁，他的嘴開着說話的時候是斜方形的，露出黑漠漠的一個洞府，因爲他的牙齒即使還有也是看不見。他是一個活動的枯髏。但他演說的精神却不但是飽滿，而且是劇烈的，像山谷裏烏雲似的連綿的湧上來，他大約是在講今晚戲劇與『近代思想潮流』的關係，可惜我聽不懂，只聽着卡爾馬克思，達司開闢朵兒，列甯，國際主義等，響亮的字眼像明星似的出現在滿是烏雲的天上。他嗓子已快啞了，他的憤慨還不曾完全發洩，來看戲的弟兄們可等不耐煩，這裏一聲噓，那裏一聲噓，滿場全是噓，枯髏先生沒法再嚷，只得商量他的唇皮掛出一個解嘲的微笑，一鞠躬沒了。大家拍掌叫好。

戲來了。

我應當說怖夢或是發魘開場了。因為怖夢是我們做小孩子時代的專利：牆壁裏伸來一隻手來，窗裏鑽進一個青面獠牙的鬼來，諸如此類；但今晚承猶太人的情，大家來參觀一個最十全的理想的怖夢。誰要是膽子小些的，準會得憑空的喊起來。

我實在沒法子描寫；有人說畫鬼頂容易，我有些不信，我就不會畫，雖則畫人我也覺得難，也許這兩樣沒有多大分別。但戲裏的意義却被我猜中了些，我究竟還有幾分聰明，我只能把大意講一講。

那戲除了莫斯科，別地方是不會得有的，莫斯科本身就是一個怖夢製造廠，換換口味也好，老是尋甜夢做好比老吃甜菜，怪膩煩的，來幾盆苦瓜苦筍爽爽口不合式？

你們說史德林堡的戲也是可怕的：不錯，但今晚的怖的更透。

那戲的底子，是一個猶太詩人（叫甚麼我忘了）早二十幾年前做的一首不到兩頁的詩，他也早十年死了，新近這猶太戲院拿來編成戲，加上音樂，在莫斯科開演。

不消說滿台全是鬼。鬼不定可怖，有時鬼還比人可親些，但今晚的鬼是特選的，我都有些受不住，回頭你們聽了，就有趣。

這戲的意思（我想）大致是象徵現代的生活，台上佈景，正中掛著一隻多可怖的大手，鐵青色的筋骨全暴在皮外，獰獰的在半空裏宕著；這手想是象徵運命，或是象徵資本階級的壓迫，在這鐵手勢力的底下現代生活的怖夢風車似的轉著。

戲裏有兩個主要的動因，(Motif) 一是生命，一是死。但生命是已經迷失了路徑的，彷彿在暗沉沉山谷裏尋路，同時死的聲音從墓窟的底裏喊上來，嘲弄他，戲弄他，悲憐他，引誘他。

爲什麼生命走入了迷路，因爲上面有資本階級的壓迫。爲甚麼死的鬼靈敢這樣大膽的引誘，因爲生命前途沒有光亮，它的自然的趨向是永久的墳墓。

佈景是一個市場，左右旁側都有通道，上去有橋，下去有窖，那都是鬼羣出入的孔道，配色，電光，佈置，動作，唱，——都跟着一個條理走，——叫你看的人害怕。最先出場我記得是四五個襤褸的小孩，叫着冷，嚷着餓，回頭鬼來伴着他們玩——玩鬼把戲。他們的老子娘是做工人，資本家的牛馬，身上的脂肪全叫他們吸了去，一天瘦似一天，生下來的子女更是遭罪來的，沒衣穿，沒飯吃，尤其是沒玩具玩，只得尋鬼作伴去。

來了兩個工人，一是打鐵的，一個是做工的。打鐵的覺悟了，提起他的鐵槌子，袒開了胸膛，賭氣尋萬惡的資本家算賬去：生命的聲音鼓勵着他，慫恿他去革命，死的聲音應和着他。做木工的還不會覺悟，在他奴隸的生活中消耗他的時光，生命的聲音對着他哭泣，死的聲音嘲弄他的冥頑：

又來了一男一女，男的是一個醉子，不知是酒喝醉還是苦惱的生活迷醉的；女的是一個賣淫的，她賣的不是他自己的皮肉，是人道的廉恥，他糟蹋的不是他自已的身體，是人類的聖潔。

又來了一強盜，一個快生產的女子，强盜是叫他的生活逼到殺人，法律又來逼着他往死路走；女子是受騙的，現在他肚子裏的小寃鬼逼着叫她放棄生命，因為在這「講廉恥的社會」裏再沒有他的地位。

這一羣人，還有同樣的許多，都跑到生命的陡壁前，望着時間無底的潭壑跳；生命的聲音哭喪的唱他的哀詞，死的聲音在墳墓的底裏和着他的歌聲——那時間的慾壑有填滿的時候嗎？

再下去更不了了？地皮翻過身來，墳裏墓底的屍體全竪了起來，排成行列，團成圓圈，往前進，向後退，死的精靈狂喜的跳着，屍體們也跟着跳——死的跳舞。

他們行動了，在空虛無際的道上走着，各樣奇醜的屍體；全爛的，牢爛的，瘄毒死的，餓死的，凍死的，瘦死的，勞力死的，投水死的，生產死的，（抱着她不足月的小屍體），淫亂死的。弔死的，煤礦裏悶死的，機器上軋死的，老的，小的，中年的，男的，女的，拐着走的，跳著走的：爬着的，單脚竄的，他們一齊跳着，跟着音樂跳舞，旋繞的迎賽着，叫着，唱着，哭着，笑着——死的精靈欣欣的在前面引路，生的影子跟在後背送行，光也滅了，黑暗的光也滅了，墳墓的光，運命的光，死的靑光也全滅了——那大羣色彩斑爛的屍體在黑暗的黑暗中舞着唱着，……死的勝利（？）

夠了！怖夢也有醒的時候，再要做下去，我就受不住。

猶太朋友們做怖夢的本領可眞不小，那晚台上的鬼與屍體至少有好幾十，五十以上，但各個有各個的特色，形狀與色彩的配置各各不同，不問戲成不成，怖夢總做成了，那也不易。但那晚台上固然異常的熱鬧——鬼跳鬼臉鬼叫鬼笑，什麼都有，台下的情形，在我看來至少有同樣的趣味，司蒂文孫如其有機會來，他一定單寫台下，不寫台上的。你們記得今晚是共產黨俱樂部全包請客，這戲院是猶太戲院，我們可因此推定看客裏大約十九是猶太人，並且是共產黨員。你們不是這幾年來各人腦筋裏都有一個鮑爾雪微克或是過激派的小影，英美各國報紙上的諷刺畫與他們報的消息或造的謠言都是造成那印像的資料。我敢說我們想像中標類的鮑爾雪微克至少有下列幾種成分：——殺猪屠，劊子手，長毛，黑旋風李逵，吃人的野人或猩猩，謀財害命的強盜；黑臉，蓬頭，紅眼睛，大鬍子，長長毛的大手，腰裏掛一隻放人頭的口袋。……

所以我那晚特別的留意，心想今晚才可以「飽瞻丰采暢慰生平」了！初起是失望，因為在那羣「山魈後人」的臉上一些也看不出他們祖上的異相：拉打鬍子，紅的眉毛，綠着眼。影子都沒有！我坐在他們中間，只是覺着不安，不一定背上有刺，或是孟子說的穿了朝衣朝冠去坐在塗炭上，但總是不舒服，好像在這裏不應得有我的位置似的。我定了一定神，第一件事應得登記的，是鼻子裏的異味。俄國人的異味我是領教過的，最是在Irkutsk的車站裏我上一次通訊講起過，但那是西伯利亞，他們身上的革皮，屋子裏的煤氣潮氣，外加燒東西的氣味，造成一種最辛辣最沉悶的怪臭；今晚的不同，靜的多，雖則已經夠濃，這裏面有土白古，有Vodka，有熱氣的薰蒸，但主味還是人氣，雖則我不敢斷定有斯拉夫，是莫斯科或是希伯來的雅味。第二件事叫我注意的是他們的服裝。平常洗了手吃飯，換好衣服看戲，是不論東西的通例，在英國工人們上戲院也得換上一個領結，肩膀上去些灰漬，今晚可不同了，康姆賴特們打破習俗的精神是可佩服的，因爲不但一件盤齊的褂子不容易看見，簡直連一個像樣的結子都難得，你竟可以疑心他們晚上就那樣子溜進被窩裏去，早上也就那樣子鑽出被窩來；大半是戴着便帽或黑泥帽，——不戴的多；再看脫了帽的那幾位，你一定疑問莫斯科的舖子是不備梳子的了，剃頭匠有沒有也是問題。女同志們當然一致的名士派，解放到那樣程度才眞有意思，但他們頭上的紅巾終究是一點喜色。但最有趣的是他們面上的表情，第一你們沒到過俄國來的趁早取銷你們腦膀裏飽爾雪微克的小影，至少得大大的修正，因爲他們，就今晚在場的看，雖則完全脫離了波淇窪的體面主義，雖則一致拒絕安全剃刀的引誘，雖則衣著上是十三分的落拓，但他們的面貌還是官正的多，他們的神情還是和謁的多，他們的態度也比北京捧角團或南歐戲院裏看客們文雅得多（他們雖則噓跑了那位熱心的枯髏先生，那本來是誠實而且公道，他們看戲時却再也不露一些焦燥）。那晚大概是帶「戀親」的意思，所以年紀大些的也很多；我方才說有趣是爲想起了他們。你們在電影的滑稽片裏，不是常看到東倫敦或是東紐約戲院子裏的一羣看客嗎？那晚他們全來了：鬍子掛得老長的，手裏拿着紅布手巾不住擦眼的，鼻子上開玫瑰花的，嘴邊溜着白涎的，駝背的，拐脚的，牙齒全沒了下巴往上掬的，禿頂的，祖眼的，形形色色，什麼都來了。可惜我沒有司蒂文孫的雅趣，否則我眞不該老是仰起頭跟着戲台上做怖夢，我正應得私下拿着紙筆，替我前後左右的隣居們寫生，結果一定比看鬼把戲有趣而且有味。

八　契訶夫的墓園

詩人們在這喧的市街上不能不感寂寞；因此「傷時」是他們怨愫

的發洩，「弔古」是他們柔情的寄托。但「傷時」是感情直接的反動：子規的清啼容易轉成夜鴞的急調，弔古却是情緒自然的流露，想像已往的韶光，慰藉心靈的幽獨：在墓墟間，在晚風中，在山一邊，在水一角，慕古人情，懷舊光華；像是朵朵出岫的白雲，輕沾斜陽的彩色，冉冉的卷，款款的舒，風動時動，風止時止。

弔古便不得不憬悟光陰的實在；隨你想像它是洶湧的洪潮，想像它是緩漸的流水，想像它是倒懸的急湍，想像它是無蹤跡的尾閭，只要你見到它那水花裏隱現着的骸骨，你就認識它那無顧戀的冷酷，它那無限量的破壞的饞慾：桑田變滄海，紅粉變枯髏，青梗變枯柴，帝國變迷夢，夢變烟，火變灰，石變砂，玫瑰變泥，一切的紛爭消納在無聲的墓窟裏……那時間人生的來踪與去跡，它那色調與波紋，便如夕照晚霞中的山嶺融成了靑紫一片，是邱是壑，是林是谷，不再分明，但它那大體的輪廓却亭亭的刻畫在天邊，給你一個最清切的辨認。這一辨認就相聯的喚起了疑問：人生究竟是什麼？你得加下你的按語，你得表示你的『觀。』陶淵明說大家在這一條水裏浮沉，總有一天淹沒在裏面，讓我今天趁南山風色好，多種一顆菊花，多喝一盃甜釀；李太白，蘇東坡，陸放翁都回響說不錯，我們的「觀」就在這酒盃裏。古詩十九首說這一生一扯卽過，不過也得過，想長生的是傻子，抓住這現在的現在盡量的享福尋快樂是眞的——『不如飲美酒，被服紈與素』，曹子建望着火燒了的洛陽，免不得動感情；他對着渺渺的人生也是絕望——轉蓬離本根，飄飄隨長風，何意迴飆舉，吹我入雲中，高高上無極，天路安可窮。光陰『悠悠』的神秘警覺了陳元龍：人們在世上都是無儔伴的獨客，各個，在他覺悟時，都是寂寞的靈魂。莊子也沒奈何這悠悠的光陰，他借重一個調侃的枯髏，設想另一個宇宙，那邊生的進行不再受時間的制限。

所以弔古——尤其是上墳——是中國文人的一個癖好。這癖好想是遺傳的；因爲就我自己說，不僅每到一處地方愛去郊外冷落處尋墓園消遣，那墳墓的意象竟彷彿在我每一個思想的後背闌着，——單這饅形的一塊黃土在我就有無窮的意趣——更無須蔓草，凉風，白楊，靑燐等等的附帶。墳的意象與死的概念當然不能差離多遠，但在我墳與死的關係却並不密切：死彷彿有附着或有實質的一個現像，墳墓只是一個美麗的虛無，在這靜定的意境裏，光陰彷彿止息了波動，你自己的思感也收斂了儽悴，那時你的性靈便可感到最純淨的慰安，你再不要什麼。還有一個原因爲什麼我不愛想死是爲死的對象就是最惱人不過的生，死止是中止生，不是解決生，更不是消滅生，止是增劇生的複雜，並不淸理它的糾紛。墳的意象却不暗示你什麼對舉或比稱的實體，它沒有遠親，也沒有近隣，它只是它，包涵一切，覆蓋一切，調融一切的一個美的虛無。

我這次到歐洲來倒像是專做清明來的；我不僅上知名的或與我有關係的墳（在莫斯科上契訶夫，克魯泡金的墳，在柏林上我自己兒子的墳，在楓丹薄羅上曼殊斐兒的墳，在巴黎上茶花女，哈哀內的墳；上菩特萊「惡之花」的墳；上凡爾泰，盧騷，囂俄的墳；在羅馬上雪萊，基茨的墳；在翡冷翠上勃郎甯太太的墳，上密佗郎其羅，梅迪啓家的墳；日內到Ravenna去還得上丹德的墳，到Assis上法蘭西士的墳，到Mautua上浮吉爾Virgil的墳。）我每過不知名的墓園也往往進去留連，那時情緒不定是傷悲，不定是感觸，有風聽風，在塊塊的墓碑間且自徘徊，等斜陽淡了再計較回家。

……………………

你們下回到莫斯科去，不要貪看列甯，那無非是一個像活的死人放着做廣告的（口孽罪過！），反而忘却一個眞値得去的好所在——那是在雀山山脚下的一座有名的墓園，原先是貴族埋葬的地方，但契訶夫的三代與克魯泡德金也在裏面，我在莫斯科三天，過得異常的昏悶，但那一個向晚，在那噤寂的寺園裏，不見了莫斯科的紅塵，脫離了猶太人的怖夢，從容的懷古，默默的尋思，在他人許有更大的幸福，在我已經知足。那庵名像是 Monestiere Vinozositch（可譯作聖貞庵）但不敢說是對的，好在容易問得。

我最不能忘情的墳山是日中神戶山上專葬僧尼那地方，一因它是依山築道，林蔭花草是天然的，二因兩側引泉，有不絕的水聲，三因地位高亢，望見海灣與對岸山島，我最不喜歡的是巴黎Montmartre的那個墓園，雖則有茶花女的芳隣我還是不願意，因爲它四周是市街，駕空又是一架走電車的大橋，什麼清甯的意致都叫那些機輪軋成了斷片，我是立定主意不去的；羅馬雪萊，基茨的墳場也算是不錯，但這留著以後再講；莫斯科的聖貞庵，是應得讚美的，但躺到那邊去的機會似乎不多！

那聖貞庵本身是白石的，葫蘆頂是金的，旁邊有一個極美的鐘塔，紅色的，方的，異常的鮮艷，遠望這三色——白，金，紅——的配置，極有風趣；墓碑與墳亭密密的在這塔影下散布着，我去的那天正當傍晚，地下的雪一半化了水，不穿膠皮套鞋是不能走的；電車直到庵前，后背望去森森的林山便是拿破崙退兵時曾經回望的雀山，庵門內的空氣先就不同，常青的樹蔭間，雪鋪的地裏，悄悄的屏息着各式的墓碑：青石的平檯，鏤像的長碣，嵌金的踞，中空的亭亭，有高踞的，有低伏的，有雕飾繁複的，有平易的：但他們表示的意思却只是極簡單的一個，古詩說的『下有陳死人，杳杳卽長暮，潛寐黃泉下，千載永不寤。』

我們向前走不久便發現了一個頗頗驚心的事實；有不少極莊嚴的碑碣倒在地上的，有好幾處堅緻的石闌與鐵闌打毀了的；你們記得在這里埋着的貴族居多，近幾年來風水轉了，貴族最喫苦，幸而不毀，也不免亡命，階級的怨毒在這墓園裏都留下了痕跡——楚平王死得快還是逃不了尸體受刑——雖則有標記與無標記，有祭掃與無祭掃，究竟關不關這底下陳死人的痛癢，還是不可知的一件事：但對於虛榮心重實的活人，這類示威的手段却是一個警告。

我們摸索了半天，不曾蹤着契訶夫；我的朋友上那邊問去了，我在一個轉角站着等，那時候忽的眼前一亮（那天本是陰沈），夕陽也不知從那邊過來，正照着金頂與紅塔，打成一片不可信的輝煌；你們沒見過大金頂的不易想像他那迴光的力量，平常玻窗上的返光已夠你的耀眼，何况借大一個純金的圓穹，我不由得不感謝那建築家的高見，我看了西遊記封神傳渴慕的金光神霞，到這里見著了！更有那秀挺的絳紅的高塔也在這俄頃間變成了粲花搖曳的長虹，彷彿脫離了地面，將次凌空飛去。

契訶夫的墓上（他父親與他並肩）只是一塊瓷青色的石碑，刻着他的名字與生死的年分，有鐵闌圍着，闌內半化的雪裏有幾瓣小青葉，旁邊樹上吊下去的，在那裏微微的轉動。

我獨自倚着鐵闌，沉思契訶夫今天要是在著他不知怎樣；他是最愛「幽默」，自己也是最有諧趣的一位先生：他的太太告訴我們他臨死的時候還要她講笑話給他聽；有幽默的人是不易做感情的奴隸的，但今天俄國的情形，今天世界的情形，他要是看了還能笑否，還能拿着他的靈活的筆繼續寫他靈活的小說否？……我正想着，一陣異樣的聲浪從園的那一角傳過來打斷了我的盤算，那聲音在中國是聽慣了的，但到歐洲來是不提防的；我轉過去看時有一位黑衣的太太站在一個墳前，她旁邊一個服裝古怪的牧師（像我們的遊方和尙）高聲念着經咒，在晚色團聚時，在森森的墓門間，聽着那異様的音調（語尾曼長向上曳作頓），你知道那怪調是念給墓中人聽的，這一想毛髮間就起了作用，彷彿底下的一大羣全爬了上來在你的周圍站着傾聽似的。同時鐘聲響動，那邊庵門開了，門前亮着一星的油燈，裏面出來成行列的尼僧，向另一屋子走去，一體的黑衣黑兜，悄悄的在雪地裏走去……

克魯泡德金的墳在後園，只一塊扁平的白石，指示這偉大靈魂遺蛻的歇處，看着頗覺悽惘，關門鈴已經搖過，我們又得回紅塵去了。

九「一宿有話」

——眞正老牌「迦門」

那晚上車我的手提包裏有烟，有糖，有橘子蜜酒。

睡車每間兩個床位，我的是上舖，他在下面。

你是日本人？

不。

中國人？

是的。

你喝威司克？唉僕歐！（他意思是沙達水，不是威司克。）

不，多謝。抽烟？

你到巴黎去長住？

不。

我嘗過軍官——在德皇御隊裏的。

是的；那你打仗了？

從頭到底——我一共打了七十二仗。

大英雄！你對敵是誰——是英是法？

全打過。

你殺死了多少人？

三千法國人，一千英國人。

誰會打些？

英國人；法國人不成。

爲什麼？

喝的太多。女人太多。

所以你殺了他們，還是看不起他們。法國女人呢？你們一定多的是機會。

喔要多少？她們可不乾淨你知道。洗得不夠你知道。司墨滌希，哈哈。

她們可長得好看不是？不比貴國人差對不對？

喔好看是有的，可沒有用。她們不行，沒有好身體，有病的你知道，不成。

你打了那麼多仗，沒有受傷？

啫你看！（他脫了褂子，剝開裏衣，露出一個奇形的肩膀，骨骼像是全斷了，凹下一個大坑，皮扭扭縐縐怪難看的。）

現在沒有事了？

啊，你試試。（他伸出手臂，叫我摸他鐵打似的粟子筋）我是一個打拳的。

先打他的正面，再打旁面，打中就破了——我帶了十三個大的。
你打了美國兵沒有？
沒有，我打法國黑兵，頂沒有用，比小雞還容易捉。
再抽烟，請。你現在做什麼事？
做生意——衣服生意。你看我身上穿的就是我自己店裏的。
你還願意打仗嗎？
當然！十年內你看着，德國打敗英國法國。
怎麼打法？
俄國人會得幫我們。他們先拿波蘭，法國人的左腿就破了。
阿那你少不了中國人帮忙！
不錯不錯；日耳曼，俄羅斯，支那聯成一起，全世界翻身，法國卡波脫」（破），日本卡波脫，美國卡波脫，英國更不用提了，你也不愛日本？

不，日本人不成，他們自己沒有文化，有文化就是支那傳意志，日本人是猴子。

喝蜜酒吧，請，祝福我們將來聯合的勝利！再來一盃。

………………………………

你有家了沒有？

你問我有老婆？沒有沒有，有了家沒有自由，我做生意，今天到這裏，明天到那裏，有了家就……（他想不出字）Handicapped？

啊不錯，Handicapped！你看我的身體多好！你有刀嗎？

（他低了頭去到表鍊上去解小刃，我看着他光禿的頭頂，有三個大疱，像老壽星的頭，我忍不住笑了。

你笑什麽？

你怎麽受傷的？

開花彈炸破的。我在這兒站着，彈子炸了，正當着我面，我趕快旋轉身這裏著了。

你倒了沒有？

一點也不倒。

那你得進醫院？

是的，在醫院住五個星期，又回家去五個星期。那是十七年的年底。下年正月我又回前敵去打，又弄死了不少法國人。

你是步隊？

是的，步隊；我專打「湯克」「Tank」

怎麽打法？——湯克不是頂可怕的嗎？

我笑法國人，（這時候他已經把小刀剝開，拿過刀尖叫我摸它的鋒利，我莫明其妙）刀尖快不快？

快。

你看。（他伸出他的右腿，迸着氣，手拿着刀，尖頭向下，提得高高的，一撒手，刀尖着股，咄的一聲，彈下了地去，像是碰着一塊有彈性的金屬，再來一次。

了不得。不得了！（他得意笑了，頭皮發亮）好漢！所以你不愛女色？

喔有時候。女人多的是，我們付錢，她們愛——哈哈，可是打仗頂好玩，比女人還有趣。

我信，所以你只盼望再打？你的政黨當然是德意志國民黨？

當然，你看這三色的黨徽。

你看這次選舉誰有希望？

勝利一定是我們——與登堡將軍頂好。

你崇拜他？

一百分。

好，我們再喝酒，祝你們政黨的勝利！

＊　＊　＊　＊　＊

昨晚柏林有好戲你看了沒有？他問。

『OscarsWilde』？那是第一晚，我嫌貴沒有去，你去了？

去了。

做得好？

不錯，槐爾德——的事情你信不信？

許有的；他就好奇。

好奇？我看是人們的天性。你們中國有沒有？

變例自然到處有；德國怎麼樣？

時行得很，沒有什麼希奇，學校裏，軍隊裏，柏林有俱樂部，你知道嗎？

不知道；所以你們竟不以爲奇？

一點也○；你到 Munchen 去住幾時就知道了。

嘔，你們德國人眞是偉大的民族！時候不早了，休息吧，夜安。

夜安。

（這是我從柏林到巴黎那晚車上我自以爲有趣的談話，當晚我說過夜安上床去在枕上就記下了一些：英文…，今天無意中檢着，覺得還是有趣，所以譯了出來。但你們却不要誤會以爲德國全是這樣的，蠢，粗，忍，變性的，雖則像他同樣腦筋的一定不少，要不然興登堡將軍那裏會有機會。我在這里又碰到一個德國人他是我的好友，與那位先生剛巧相反。他也是打了四年的仗，但他恨極了打仗……他是一個深思，勤學，愛和平，有見地，敦厚，可親的一個少年。只可惜一個人教育入了骨髓，思想有了分寸，他的外表的趣味就淡，你替他寫就不易，不比那位先生開口見喉嚨，粗極，却也趣極，你想拿刀尖來扎大腿的那類手勢，在文明社會裏，是否不可多得？

志摩，斐倫翠山中，六七日。

十　血

謁列甯遺體回想

過莫斯科的人大概沒有一個不去瞻仰列寧的「金剛不爛」身的。我們那天在雪冰裏足足站了半句多鐘（眞對不起使館裏那位屠太太，她爲引導我們鞋襪都濕一個淨透），才挨着一個入地的機會。

進門朝北壁上掛著一架軟木做展平的地球模型；從北極到南極，從東極到西極（姑且這麼說），一體是血色，旁邊一把血染的鐮刀，一個血染的鎚子。那樣大胆的空前的預言，摩西見了都許會失色，何况我們不禁嚇的凡胎俗骨。

我不敢批評蘇維埃的共產制，我不配，我配也不來，筆頭上批評只是一半騙人，一半自騙。早幾年我胆子大得多，羅素批評了蘇維埃，我批評了羅素，話怎麼說法，記不得了，也不關緊要，我只記得羅素說「我到俄國去的時候是一個共產黨，但……」意思說是他一到俄國，就取銷了他紅色的信仰。我先前挖苦了他。這回我自己也到那空氣裏去呼吸了幾天，我沒有取銷信仰的必要，因我從不曾有過信仰，共產或不共產。但我的確比先前明白了些，爲什麼羅素不能不向後轉。我怕我自己的脾胃多少也不免帶些舊氣息，老家裏還有幾件東西總覺得有些捨不得——例如個人的自由，也許等到我有信仰的日子就捨得也難說，但那日子似乎不狠近。我不但舊，並且還有我的迷信；有時候我簡直是一個宿命論者——例如我覺得這世界的罪孽實在太深了，支節的改變，是要不到的，人們不根本悔悟的時候，不免遭大劫，但執行大刦的使者，不是安琪兒，也不是魔鬼，還是人類自己。莫斯科就仿佛負有那樣的使命。他們相信天堂是有的，可以實現的，但在現世界與那天堂的中間却隔着一座海，一座血汚海，人類泅得過這血海，才能登彼岸，他們決定先實現那血海。

再說認眞一點，比如先前有人說中國有過激趨向，我再也不信，種瓜栽樹也得辨土性，不是隨便可以亂扦的。現在我消極的把握都沒有了。「怨毒」已經彌漫在空中，進了血管，長出來時是小疱是大癰說不定，開刀總躲不了，淤著的一大包膿，總得有個出路。別國我不敢說，我最親愛的母國，其實是墮落得太不成話了；血液裏有毒，細胞裏有菌，性靈裏有最不堪的汚穢，皮膚上有麻瘋。血汚池裏洗澡或許是一個對症的治法，我究竟不是醫生，不敢妄斷。同時我對我們一部分眞有血性的青年們也忍不住有幾句話說。我決不怪你們信服共產主義，我相信只有骨裏有髓管裏有血的人才肯犧牲一切，爲一主義做事；只要十個青年裏七個或是六個都像你們，我們民族的前途不至這樣的黑暗。但同時我要對你們說一句話，你們不要生氣：你們口裏說的話大部分是借來的，你們不一定明白，你們說話背後，眞正的意思是什麼；還有，照你們的理想，我們應得准備的代價，你們也不一定計算過或是認清楚；血海的滋味，換一句話說，我們終久還不曾大規模的嘗過。叫政府逮捕下獄，或是與巡警對打折了半隻臂膀，那固然是英雄氣概的一斑，但更痛快更響亮的事業多著，——耶穌對他的媽然血是我們自己的血，爲什麽我們就這樣的貧，理想是得問人家借耶蘇對他的門徒說，「就得漁夫抛棄他的網，兒子他的父母，丈夫他的妻兒。」又有人問他我的老子才死，你讓我埋了他再來跟你，還是丟了屍首不管專來跟你，耶蘇說，讓死人埋死人去。不要笑我背聖經，我知道你們不相信的，我也不相信，但這幾段話是引稱，是比況，我想你們懂得，就是說，照你現在的辦法做下去時，你們不久就會覺得你們不知怎的叫人家放在老虎背上去，那時候下來的好，還是不下來的好？你們現在理論時代，下筆做文章時代，事情究覺好辦，話不圓也得說他圓來，方的就把四個角剪了去不就圓了，回頭你自己也忘了角是你剪的，只以爲原來就是圓的，那我懂得。比如說到了那一天有人拿一把火種一把快刀交在你的手裏，叫你到你自己的村莊你的家族裏去見房子放火，見人動刀——你幹不幹？話說不可怕一點，假如

（她走了遠道去尋他）說，「婦人，去你的！」「你們要跟從我，」他的書再也買不到，你有了書也是再也不能看的——你的反感怎樣？我們在中國別的事情不說，比較的個人自由我看來是比別國強的多，有時簡直太自由了，我們隨便罵人，隨便謠言，隨便說謊，也沒人干涉，除了我們自己的良心，那也是不狠肯管閑事的。假如這部分裏的個人自由有一天叫無形的國家威權取締到零度以下，你的感想又怎樣？你當然打算想做那時代表國家威權的人，但萬一輪不到你又怎樣？

莫斯科是似乎做定了運命的代理人了。只要世界上，不論那一處，多翻一陣血浪，他們便自以為離他們的理想近一步，你站在他們的地位看出來，這並不背謬，十分的合理。

但就這一點（我搔著我的頭髮），我說有考慮的必要。我們要救度自己，也許不免流血；但為什麼我們不能發明一個新鮮的流法，既有那一天你想看某作者的書，算是托爾斯泰的，可是有人告訴你不但的，方法又得問人家借的？不錯，他們不說莫斯科，他們口口聲聲說國際，因此他們的就是我們的。那是騙人，我說；講和平，講人道主義，許可以加上國際的字樣，那也待攷，至於殺人流血有甚麼國際？你們要是躲懶，不去自己發明流自己的血的方法，却只貪圖現成，聽人家的話，我說你們就不配，你們辜負你們骨裏的髓，辜負你們管裏的血！

英國有一個麥克唐諾爾德便是一個不躲懶的榜樣，你們去查考查考他的言論與行事。意大利有一個莫索利尼是另一種榜樣，雖則法西士的主義你們與我都不一定佩服，他那不躲懶是一個實在。

俄國的橘子賣七毛五一隻，爲甚麼？國內收下來的重稅，大半得運到外國去津貼宣傳，因此生活程度便不免過分的提高，他們國內在餓莩的邊沿上走路的百姓們正多着哩！我聽了那話覺着傷心；我只盼望我們中國人還不至於去領他們的津貼，叫他們國內人民多挨一分餓！

我不是主張國家主義的人，但講到革命，便不得不講國家主義。爲什麽自己革命自己作不了軍師，還得運外國主意來籌畫流血？那也是一種可恥的墮落。

革英國命的是克郎威爾；革法國命的是盧騷，丹當，羅珮士披亞，羅蘭夫人，革意大利命的是馬志尼，加利包爾提；革俄國命的是列寧——你們要記著。假如革中國命的是孫中山，你們要小心了，不要讓外國來的野鬼鑽進了中山先生的棺材裏去！

徐志摩翡冷翠山中一九二五年五月二十九日